Maren von Klitzing

Heartbeat Summer

PINK • Ein Imprint von Oetinger Taschenbuch

Außerdem von Maren von Klitzing bei PINK erschienen:

Mondscheindisco

Danke an Lea und Clara, die schon
viele Festivals organisiert haben
und mir darüber berichteten.

PINKpressum

PINK • Ein Imprint von Oetinger Taschenbuch

1. Auflage 2016

Originalausgabe

Umschlagmotiv und -gestaltung: Hauptmann & Kompanie
Werbeagentur AG, Zürich
Druck: GGP Media GmbH, Pößneck
ISBN 978-3-86430-053-0

FSC www.fsc.org
MIX
Papier aus verantwortungsvollen Quellen
FSC® C014496

www.oetinger-taschenbuch.de

01

MELANIE hat eine kleine Schwester!, stand in schnörkeliger Schrift auf meiner Geburtsanzeige. So wurde ich vor fast fünfzehn Jahren dieser Welt vorgestellt. Daran hat sich nicht viel geändert. Ich bin immer noch die kleine Schwester von Mel. Egal, was ich tue oder wie alt ich bin. Ob ich Fahrradfahren lerne, in die Schule oder ins Altersheim komme.

Mel ist zwei Jahre älter als ich, und in vielen Dingen bewundere ich sie. Sie ist der Überflieger in der Familie. Mit ihrer sportlichen Figur und den langen Haaren sieht sie einfach super aus, noch dazu ist sie beliebt und gut in allen Fächern. Dabei schafft sie es, entspannt zu bleiben und kein bisschen streberhaft zu sein. Sie ist witzig, schlagfertig, kontaktfreudig, intelligent und an allem interessiert.

Ich dagegen bin zurückhaltend und mit meinen Gedanken öfter auf Reisen, als meinen Mitmenschen lieb ist. Und passende Antworten fallen mir erst zwei Tage später ein. Auch äußerlich unterscheiden wir uns. Wir haben zwar beide haselnussbraune Haare, aber während Mel ihre lange Mähne offen trägt, binde ich meine zum Pferdeschwanz zusammen.

Es lohnt sich nicht, etwas mit ihnen zu machen. Denn ich

habe den Bad-Hair-Day abonniert, an allen Tagen des Jahres. Wenn ich versuche, sie so zu tragen wie Mel, sehe ich aus wie ein zotteliges Pony. Wahrscheinlich denken alle, ich wüsste nicht mal, wie man Schampuh schreibt. Aber natürlich weiß ich das. Und ich wende mein Lieblingsshampoo jeden zweiten Tag an.

Ich bin gut einen Kopf kleiner und, ähm, etwas kompakter als Mel, die mehrmals in der Woche joggen geht, auf ihre Figur achtet und es fertigbringt, auf Süßigkeiten zu verzichten, bevor die Bikini-Saison beginnt. Ganz im Gegensatz zu mir. Was gut an mir ist? Ich mag meine blaugrünen Augen. Mels Augen sind nur blau, verwaschen blau.

Manche Leute denken trotzdem, dass ich so etwas wie eine kleinere Ausgabe meiner Schwester bin.

Was ein folgenschwerer Irrtum ist.

Es ist Montag, wir haben Mathe in der sechsten Stunde und einen neuen Mathelehrer, Herrn Gravert. Als er das Klassenbuch aufschlägt und unsere Namen aufruft, stutzt er, als ich bei Tablinsky, Annika die Hand hebe.

»Bist du die kleine Schwester von Mel?«

Ich hasse diesen Satz.

»Wir sind miteinander verwandt«, antworte ich wahrheitsgemäß.

»Wenn du auch so ein herausragendes Zahlenverständnis wie Mel hast, werden wir viel Freude im Unterricht haben«, sagt Herr Gravert und lächelt mich erwartungsvoll an.

Tja, daraus wird wohl nichts.

Sara, meine beste Freundin, die neben mir sitzt, hält sich

die Hand vor den Mund, um nicht laut loszuprusten. Damit niemand was sieht, senkt sie den Kopf und lässt ihre rotbraunen Locken vor das Gesicht fallen. Sie ist diejenige, die mich morgens meistens die Matheaufgaben abschreiben lässt.

Ich folge Herrn Graverts Unterricht mit gemischten Gefühlen. Einerseits ist es toll, dass ein Mathelehrer große Stücke auf mich hält. Einfach so – oder besser gesagt, wegen Mel. Andererseits wird er spätestens beim Durchsehen der ersten Klausur wissen, was es mit meinen Mathefähigkeiten auf sich hat. Selbst meiner Schwester kann die gute Laune vergehen, wenn sie versucht, mir den Stoff zu erklären. Herr Gravert labert etwas über das Auflösen von Formeln, und ich verstehe mal wieder nur Bahnhof. Verstohlen blicke ich auf meine Uhr. Noch dreizehn Minuten bis Schulschluss.

Während Herr Gravert weitererzählt, schaue ich nach draußen. Auf dem Schulhof steht eine mächtige Kastanie. Sie beginnt gerade zu blühen, das liebe ich, obwohl ich es auch mag, wenn die Kastanien reif sind. Die erste gefundene Kastanie im Herbst trage ich immer in meiner Hosentasche mit mir herum. In der Baumkrone entdecke ich zwei Eichhörnchen, und ich beobachte sie bei ihren halsbrecherischen Sprüngen von einem Ast zum anderen.

Ich spüre einen Ellbogen zwischen meinen Rippen.

»Jetzt pass doch mal auf«, zischt Sara mir ins Ohr.

»Streberin«, entgegne ich leise, aber dann gebe ich unserem Mathelehrer eine Chance. Als die Stunde vorbei ist, habe ich schon wieder vergessen, was er gesagt hat. Ich werfe Stifte und Mappe in den Rucksack, puh, endlich Schulschluss, wurde ja auch Zeit.

»Bis morgen, du Mathegenie.« Sara wirft mir eine Kusshand zu, bevor sie auf ihrem Rad in die andere Richtung fährt. Sehr witzig. Ihr gepunkteter Rock flattert im Wind.

»Lass uns telefonieren«, rufe ich ihr hinterher, was genau genommen überflüssig ist, denn wir telefonieren sowieso jeden Tag.

Ich stelle mich einen Augenblick in die Sonne, schließe die Augen und genieße die Wärme. Als ich die Augen wieder öffne, kommen zwei Jungen auf mich zu. Ich kenne sie, sie gehen in eine der unteren Klassen.

»Bist du nicht die Schwester von Mel?« Sie sind vor mir stehen geblieben, und ich blinzele sie an.

»Du weißt schon, die Mel, die das Festival organisiert«, sagt der eine.

Womit wir beim neuesten Projekt meiner Schwester wären. Es ist nämlich so: Irgendwann hatte Mel die wahnwitzige Idee, ein Musikfestival auf einer Wiese in unserem Vorort zu veranstalten. Mit einer richtigen Bühne und mehreren Bands. Die Wiese gibt es bereits. Sie gehört zum Bauernhof eines gutmütigen Landwirts. Mel hat so lange auf ihn eingeredet, bis er damit einverstanden war, dass eine Horde Jugendlicher das Gras platt trampeln wird. Zugegeben, in Wirklichkeit beneide ich Mel um diese grandiose Idee. Und ich würde alles dafür geben, bei den Vorbereitungen mitmachen zu dürfen. Doch Mel meint, ich wäre zu jung, um ihr bei der Organisation zu helfen. Dabei liebe ich Musik, ich habe eine riesige CD-Sammlung, mein iPod ist voll bis zum Anschlag mit Songs, und natürlich höre ich mir ständig neue Bands im Internet an.

Wenn ich die Zeichen richtig deute, findet das Festival tatsächlich statt. Jedenfalls macht das Gerücht schon munter die Runde. Offenbar ist es auch den Jungs zu Ohren gekommen.

»Mel?« Ich kratze mich nachdenklich am Hinterkopf. »Da müsst ihr euch täuschen, die kenne ich nicht.«

Die Jungs starren mich sekundenlang an. »Echt nicht?«, fragt der eine. »Du siehst ihr aber verdammt ähnlich.«

»Sorry, aber ich bin Einzelkind«, sage ich und schwinge mich auf mein Rad. Dann fahre ich ihnen einfach davon. Es fällt mir verdammt schwer, nicht loszulachen.

Aber mal ernsthaft. Dauernd werde ich wegen des Festivals angesprochen. Dabei wäre Mel die richtige Ansprechpartnerin und nicht ich. Was ich, wie gesagt, sehr schade finde. Aber solange ich nicht beim Organisieren mitmachen darf, halte ich mich lieber aus der Sache raus.

Und deshalb trete ich jetzt in die Pedale. Fühlt sich ziemlich gut an, diese Aktion. Und für Gesprächsstoff, nachher mit Sara, ist auch schon mal gesorgt.

02

ZWEI WOCHEN SPÄTER werde ich fünfzehn. Wie jeden Morgen taumele ich verschlafen in die Küche, bereit für die erste Handlung des Tages. Seitdem ich zwölf bin, koche ich Tee für die ganze Familie. Normalerweise finden sich nach und nach die anderen Familienmitglieder in der Küche ein und bedienen sich aus der himmelblauen Teekanne. Halb wach – oder vielmehr halb schlafend – stehen wir dann in Pyjamas herum und halten uns an den Teetassen fest. Keiner hat das Bedürfnis, Konversation zu machen. Nicht einmal meine Eltern, die spätestens beim Frühstück wieder im Planungsmodus sind und pausenlos Dinge besprechen. Auf diese Weise den Tag zu beginnen, finde ich äußerst angenehm. Jede Familie hat ihre Rituale, und ich mag diesen ruhigen Start in den Tag.

Aber heute ist alles anders.

Als ich die Küche betreten will, huschen Mom, Paps und Mel schon wie Heinzelmännchen zwischen Tisch, Stühlen und Küchentresen umher.

»Achtung, sie kommt«, warnt Mel die anderen. »Mach die Augen zu, Annika!«

Ich lehne mich gegen den Türrahmen und schließe die Augen. Kurz darauf packen mich zwei kräftige Hände – wahrscheinlich Paps' Pranken – an den Schultern und schieben mich vorwärts.

»Augen auf, Geburtstagskind!«, ruft Mom.

Ich blicke in ein Kerzenmeer.

Wow, das sieht magisch aus!

Es sind nicht nur die fünfzehn Kerzen auf meinem Geburtstagskuchen, sondern auch ganz viele andere, und sie sind in der ganzen Küche verteilt: auf dem Tisch, in den Regalen und auf der Arbeitsplatte. Es ist das reinste Lichtermeer.

Und das ist alles für mich?

Mir wird ganz feierlich zumute. Es ist absolut schön, Geburtstag zu haben.

Der Familienchor stimmt krächzend »Happy Birthday« an, danach puste ich die Kerzen auf dem Kuchen aus.

»Alles Gute, meine Große«, sagt Mom und schließt mich in die Arme. Dann werde ich auch von Paps und Mel gedrückt.

»Danke«, sage ich. »Ihr seid toll!«

Ich packe die Geschenke aus. Von Mom und Paps bekomme ich Kletterschuhe und einen Gutschein für einen Kletterkurs. Vor Kurzem war ich mit Sara in einer Kletterhalle. Es hatte die ganze Woche geregnet, und wir wussten nicht, was wir machen sollen. Jedenfalls habe ich es tatsächlich geschafft, die Wand mit den bunten Griffen zu erklimmen. Zu Hause habe ich wohl fallen lassen, dass es mir Spaß gemacht hat. Meine Eltern kriegen immer ganz große Ohren, wenn mir eine Sportart gefällt. Was zugegebenermaßen ziemlich selten ist. Ich glaube, sie würden es auch unterstützen, wenn ich Bobfahren oder Rhönradturnen lernen wollte. Hauptsache, man bewegt sich, denn das ist gesund.

»Wenn wir in den Sommerferien nach Österreich fahren, kannst du dort klettern lernen«, verkündet Paps. »Auf einem richtigen Berg. Ich habe schon alles online gebucht.«

»Und falls es dir danach immer noch gefällt, machst du in der Kletterhalle weiter«, sagt Mama und streicht mir übers Haar.

»Gute Idee«, sage ich. »Danke!«

Ich denke an mein Erlebnis in der Kletterhalle zurück, und wie Sara mich mit Engelszungen dazu überreden musste, nicht aufzugeben, als ich nach zwei Metern die Panik bekam. Aber als ich es dann geschafft hatte, war ich ziemlich stolz auf mich. Manchmal gucke ich mir auf YouTube diese Boulder-Videos an. Ich kann es nicht fassen, wie die Kletterer sich teilweise sogar kopfüber vorwärtshangeln, ganz ohne Netz oder Sicherung. Fast alle haben einen total sportlichen Körper und sind bis in die letzte Muskelfaser durchtrainiert.

Ich sehe da etwas anders aus. Schon kräftig, aber mit weniger Muskeln.

»Alles Gute für dich«, sagt Mel und überreicht mir ihr Geschenk, eine selbst gebrannte CD mit unseren aktuellen Lieblingssongs.

Über Musik können wir uns endlos austauschen. Wir haben den absolut gleichen Geschmack. Was ihr gefällt, mag ich auch und umgekehrt, da sind wir uns hundertprozentig einig. Ich betrachte die Titel, die Mel liebevoll auf das Cover geschrieben hat. »Das ist großartig«, sage ich und strahle meine Schwester an. »Danke, Sis.«

»Das ist noch nicht alles«, erwidert Mel und drückt mir ein zweites Geschenk in die Hand, das in pinkfarbenes Seidenpapier gewickelt ist. Ich schaue sie ungläubig an. Meine Schwester ist so was von cool. Es gibt nur einen einzigen Laden, der dieses Seidenpapier verwendet, und vor dessen Schaufenstern drücke ich mir regelmäßig die Nase platt.

»Du schenkst mir Dessous?«

»Das musst du schon selbst herausfinden«, entgegnet Mel und lacht. »Worauf wartest du noch, pack es schon aus!«

Ich hole tief Luft. In dem Laden gibt es absolut traumhafte Unterwäsche, aber auch Shirts und Pyjamas. Selbst die sportlichsten Boxershorts, die sie im Angebot haben, spielen in einer anderen Liga als meine ausgeleierten Unterhosen aus dem Kaufhaus.

Jetzt bin ich wirklich gespannt.

Mom und Paps linsen mir über die Schulter, während ich mit dem Seidenpapier raschele. Es kommt ein petrolfarbener Jerseystoff zum Vorschein, und in meinem Bauch machen sich Freudenblubberblasen breit. Die Farbe passt super zu meinen blaugrünen Augen.

»Es ist ein Sommershirt«, sage ich glücklich und falte es auseinander. Doch dann entdecke ich die weißen Buchstaben, die quer über die Vorderseite laufen.

»Gefällt es dir?«, fragt Mel erwartungsvoll.

Ähm.

»Also, ich, äh«, stottere ich und drehe mich hilflos zu meinen Eltern um.

»Was hast du denn, Annika?«, will Mom wissen und legt mir die Hand auf die Schulter.

Was ich habe?

Ich bin megaenttäuscht.

Und wenn ich jetzt blinzele, kullern mir auch noch die Tränen herunter, die sich sofort in meinen Augen gesammelt haben.

»Klar gefällt es mir«, höre ich mich sagen. »Aber wenn ich ehrlich bin, finde ich den Aufdruck nicht so schön.«

Paps liest laut vor, was auf dem Shirt steht. »**Kleine Schwester**. Das ist doch süß!«

Süüüß? Ich schüttele empört den Kopf. Das ist es überhaupt nicht! Und ich werde ganz sicher nicht damit durch die Gegend laufen.

»Ich dachte, du findest es lustig«, sagt Mel und runzelt die Stirn. »Vielleicht kann ich es umtauschen, und du suchst dir selbst das Motiv aus.« Sie nimmt mir das Shirt aus der Hand und faltet es ordentlich zusammen.

Ich sehe ihr an, dass sie sich Mühe gibt, nicht sauer zu sein. So wie ich. Ich gebe mir auch echt Mühe. Aber im Gegensatz zu mir gelingt es Mel.

»Du kannst es dir ja in Ruhe überlegen«, schlägt sie vor.

Das ist typisch für Mel. Sie ist immer so sachlich. Neben ihr komme ich mir vor wie eine Drama-Queen. Das ändert allerdings nichts daran, dass ich die zwei Worte auf dem Shirt trotzdem nicht mag.

»Ich werde ja wohl noch meine Meinung sagen dürfen«, sage ich und tupfe mir unauffällig mit einem Pyjamazipfel an den Augen herum.

Mom hält mir eine dampfende Teetasse unter die Nase. »Trink erst mal einen Schluck. Das bringt dich auf andere Gedanken.«

Paps zieht kaum merklich die Brauen hoch, aber ich habe es genau gesehen. In solchen Augenblicken sagt er gewöhnlich, dass er sich vorkommt wie auf dem Hühnerhof. Das sagt er immer, wenn er nicht damit klarkommt, dass wir Frauen Emotionen zeigen. Momentan bemühen wir uns allerdings ganz eifrig, friedlich zu sein. Inklusive Paps, der sich seine Bemerkung verkneift.

Mom schneidet den Kuchen an. Es ist mein Lieblingskuchen, den ich mir immer zum Geburtstag wünsche. Er besteht aus Schokoladenteig mit kleinen Walnussstückchen darin und ist der beste Kuchen der Welt. Und außerdem der einzige, den Mom richtig gut hinbekommt. Kaum haben wir den letzten Bissen verputzt, schaut Mom auch schon auf ihre Armbanduhr. »Ach herrje, ich muss los«, sagt sie, steht auf und streicht sich den Rock glatt.

Sie geht immer picobello zurechtgemacht zur Arbeit, dabei hätte sie das gar nicht nötig. Mom ist Zahnärztin, und ihre schicken Röcke verschwinden unter dem weißen Kittel, den sie in der Praxis trägt. Paps arbeitet in einer großen Firma, die Flugzeugteile verkauft.

Seitdem wir größer sind, arbeiten unsere Eltern noch länger als früher. Es gibt Wochentage, an denen wir uns erst spät am Abend sehen. Für diesen Fall haben wir eine gut gefüllte Tiefkühltruhe, aus der Mel und ich uns bedienen. Für mich ist das kein Problem. Wir sind ja schon beinahe erwachsen. Mel hingegen kommt nicht immer damit klar. Vor allem, wenn sie sich wie meine Ersatzmutter aufspielt und glaubt, auf mich aufpassen zu müssen. Nach unserem Frühstück schmatzen wir uns links und rechts Abschiedsküsschen auf die Wangen, und dann schwärmen wir in alle Richtungen aus.

Mel und ich stehen an der Haltestelle, die ein paar Straßen entfernt liegt. Während wir darauf warten, dass der Bus kommt, malt Mel mit der Fußspitze lauter Kringel auf den Asphalt.

»Tut mir leid, dass dir das Shirt nicht gefallen hat«, sagt Mel.

Ich kaue an meiner Unterlippe herum. Meine Wut ist verraucht. Und nicht nur das. Ich erwäge sogar die Möglichkeit, dass Mel sich nichts Böses dabei gedacht hat und mir vielleicht eine Freude machen wollte. Auf einmal tut sie mir leid. Kann mir mal jemand sagen, weshalb ich immer so heftig reagieren muss?

»Meine Reaktion war vielleicht etwas übertrieben«, gebe ich großzügig zu. »Es ist nur so, dass ich es nicht sonderlich mag, so genannt zu werden.«

»Das habe ich mittlerweile kapiert«, sagt Mel und vergräbt die Hände in den Hosentaschen ihrer blütenweißen Chinos, zu denen sie eine himmelblaue Bluse trägt. Sie sieht darin so sommerlich frisch aus, als würde sie niemals schwitzen. »Ich will mich auch gar nicht mit dir streiten«, fährt sie fort. »Und wenn dir das Shirt nicht gefällt, schenke ich dir gern etwas anderes. Du hast bei mir einen Wunsch frei.«

Mel besitzt die Größe, auf mich zuzugehen. Das rechne

ich ihr hoch an. Tja, und ich wüsste auch schon, was ich haben möchte.

»Ist schon okay«, sage ich. »Und was dein Angebot angeht, hätte ich tatsächlich einen großen Herzenswunsch.« Um meine Worte zu unterstreichen, lege ich meine Hände an die linke Brust. »Du könntest mich mitmachen lassen beim Organisieren des Festivals.«

»Eigentlich hatte ich mehr an eine Kette oder eine gute Bodylotion gedacht«, antwortet Mel und blickt die Straße hinunter.

»Es ist das Einzige, was ich mir in diesem Leben wirklich wünsche«, betone ich. War das deutlich? Ich hoffe es.

Mel seufzt. »Du weißt ganz genau, dass ich das nicht alleine entscheiden kann. Cleo, Lasse und Jacob haben schließlich auch noch ein Wörtchen mitzureden.«

Mit ihren drei Freunden organisiert Mel das Festival. Das wiederum ist tröstlich, nicht mal meine Schwester könnte es ganz alleine schaffen. Seit dem letzten Schuljahr geht Cleo in Mels Klasse, und seitdem sind die beiden die besten Freundinnen. Inzwischen ist Cleo mit Jacob zusammen, und der wiederum hat Lasse in die Clique geholt, seinen alten Freund aus Kindertagen.

»Du könntest sie fragen«, erwidere ich. »Wenn sie es nicht wollen, hast du es zumindest versucht.«

»Na gut, Schwesterherz, ich überlege es mir.« Mel schnappt sich ihren Rucksack, den sie auf der Bank geparkt hat. »Aber versprechen kann ich nichts.«

Der Bus fährt in die Haltebucht ein und öffnet zischend die Türen.

Ich strahle über das ganze Gesicht.

»Hey, noch ist überhaupt nichts entschieden«, sagt Mel, die meinen Gesichtsausdruck bemerkt hat. »Und außerdem müsstest du das Ganze auch noch mit Mom und Paps besprechen, denn ohne ihr Einverständnis geht es ohnehin nicht.«

Zum Glück habe ich die beiden schon gefragt. Mom und Paps sind zwar grundsätzlich nicht begeistert, wenn ich nach zehn Uhr noch unterwegs bin. Aber sie finden es gut, wenn ich meine Zeit mit Mel verbringe. Schließlich wissen sie genau, dass ich bei meiner großen Schwester immer gut aufgehoben bin.

03

MEL KOMMT ins Wohnzimmer, als ich gerade auf dem Sofa chille und mir eine neue Folge von *Game of Thrones* ansehe. Die Serie ist das Tagesgespräch in der Klasse und gehört zum Pflichtprogramm, wenn man in der Schule mitreden will. Leider hat Mom wenig Verständnis dafür. Sie ist jedes Mal sauer, wenn sie mich an ihrem freien Nachmittag vor der Glotze erwischt, und droht dann, den Fernseher abzuschaffen. Ich finde es einfach nur peinlich, wie sie sich aufführt. Fehlt nur noch, dass sie abends in mein Zimmer kommt und das Licht ausmacht. Und was das Fernsehverhalten betrifft, ist sie ja wohl der größte Fernsehjunkie in der Familie. Fast jeden Abend schaut Mom sich irgendwas an. Ich meine, sie könnte ja auch mal ein Buch lesen.

»Hier bist du also«, sagt Mel und zwickt mich freundschaftlich in meinen Fuß, der entspannt auf der Sofalehne ruht. Dann setzt sie sich zu mir. »Hast du kurz Zeit?«

Seufzend drücke ich auf Pause. »Was gibt's denn so Dringendes?« Die neue Folge ist mir heilig.

Als Mel den Vorspann sieht, lächelt sie mich an. »Das gucke ich auch manchmal, auf meinem Tablet.«

Mel hat natürlich so ein Luxusgerät und kann sich rund um die Uhr Filme reinziehen. Auf meinem alten Laptop ruckeln die Bilder nur im Schneckentempo voran und frieren immer wieder ein. Der Laptop ist nicht mehr der neueste. Mel hat ihn mir vererbt, als sie sich vom Verdienst ihrer Nachhilfestunden das Tablet geleistet hat.

»Super, dann kannst du mir mal dein Tablet ausleihen«, sage ich grinsend. »Und ich kann mir die Folgen in meinem Zimmer ansehen.«

»Mal sehen«, antwortet Mel schmallippig. Sie scheint wenig begeistert von der Idee zu sein. Vielleicht, weil ich mal Kakao auf der Tastatur verschüttet habe? Das hat mir echt leidgetan, und natürlich habe ich die Reparatur bezahlt, auch wenn es mich das Taschengeld mehrerer Monate gekostet hat. Doch das ist lange vergessen und kann nicht der Grund sein, weshalb sie so verhalten reagiert. Oder etwa doch?

Ich verfrachte meine Beine auf ihre Knie. Ihre Beine stecken heute in hautengen Skinny-Jeans, was sie sich wirklich leisten kann, bei ihrer Figur. Meine Beine verstecke ich besser in einer weiten Jogginghose. »Was wolltest du eigentlich von mir?«, frage ich schließlich.

Mel lächelt geheimnisvoll. »Ich wollte nur wissen, ob du morgen Abend Zeit hast.«

»Ja, wieso?«

»Weil sich die Festival-Crew bei mir trifft und du eingeladen bist.«

Für einen Moment kann ich es kaum glauben. Mein allergrößter Traum wird wahr! »Erzähl, was haben die anderen gesagt? Sind sie wirklich einverstanden?«

»Sie finden sogar, dass wir dich unbedingt brauchen«, sagt Mel und grinst. »Es gibt ja auch ungeheuer viel zu tun. Wenn du also Lust hast, richtig mit anzupacken, bist du herzlich willkommen.«

»Jippiieh!« Ich nehme das Sofakissen und werfe es in die Luft. Mel fängt es auf und zielt damit auf mich. Ich werfe es zurück, und schon sind wir mitten in der schönsten Kissenschlacht. Das haben wir schon ewig nicht mehr gemacht, zuletzt, als wir im Kindergarten waren, glaube ich. Die Kissen fliegen hin und her, bis ich eins festhalte und es vor Freude an mich drücke.

»Wir hätten auch schon eine Idee, was deine Aufgabe sein könnte.« Verschwörerisch zwinkert sie mir zu.

»Was denn?«

»Wird nicht verraten, du musst dich schon bis morgen gedulden, Schwesterherz.« Mel befreit sich aus dem Kissenberg, der sich über ihren Beinen aufgetürmt hat. »Ich gehe nach oben, was für die Schule machen«, sagt sie, und dann schaut sie mich misstrauisch an. »Was ist eigentlich mit dir, hast du nie Schulaufgaben auf?«

»Die habe ich schon in der Schule gemacht«, antworte ich und füge in Gedanken hinzu: beziehungsweise werde ich sie morgen früh schnell machen. Normalerweise ärgert mich so eine Frage, weil ich es nicht mag, wenn Mel mich kontrolliert, aber heute gleitet alles an mir ab. Hey, ich werde morgen bei der Festival-Crew dabei sein, wie genial ist das denn?

Das Treffen findet in Mels Zimmer statt. Ich habe mir ein Top von Mel ausgeliehen. Ihre Sachen sind einfach schöner als meine. Meine Schwester hat Eistee und Salzstangen bereitgestellt. Bei Mel kommt der Eistee natürlich nicht aus dem Supermarkt, sondern ist hausgemacht. Dazu hat sie schon vor der Schule Tee gekocht und ihn nachmittags mit selbst gemachtem Erdbeersirup, Zucker und Zitronenscheiben verfeinert. Das Ergebnis schmeckt umwerfend. Mel ist die perfekte Gastgeberin, was sonst? Ich pflanze mich auf Mels Bett, wo auch schon Cleo und Jacob Platz genommen haben. Als mir einfällt, dass Cleo und Jacob ein Paar sind, ist es schon zu spät, denn nun habe ich mich schon zwischen sie gequetscht.

»Ähm, sollen wir vielleicht die Plätze tauschen?«, frage ich Cleo. »Du willst doch bestimmt neben Jacob sitzen.«

Cleo zupft eine blonde Haarsträhne aus dem Gesicht und lächelt mich milde an. »Wir halten es notfalls auch mal eine halbe Stunde ohne Händchenhalten aus, aber danke für das Angebot.«

Klar, die beiden sind natürlich schon über drei Monate zusammen und führen eine ernsthafte Beziehung. Das ist nicht so wie bei den Leuten in meinem Alter, die ununterbrochen aneinanderkleben und dauernd knutschen müssen.

»War nur nett gemeint«, sage ich und werde rot. Es hat keine zwei Minuten gedauert, bis Cleo mich hat spüren lassen, dass ich der Zwerg der Truppe bin. Bevor ich erneut was Blödes sage, schweige ich lieber.

Ich greife nach den Salzstangen und schaue in die andere Richtung. Meine Schwester würde jetzt galant das Thema wechseln, aber ich fühle mich einfach nur unbehaglich. Lasse, der auf Mels Schreibtischstuhl Platz genommen hat, gluckst vor sich hin. Lacht er etwa über mich? Er ist ein Freund von Jacob und der Einzige in der Clique, der schon eine Lehre macht. Von Mel weiß ich, dass er Tischler werden will. Irgendwie erzählt sie neuerdings dauernd von ihm, ich kenne schon sein halbes Leben.

Was ich beruflich machen will, weiß ich noch nicht. Aber ganz sicher nichts Handwerkliches, denn dafür fehlt mir die Geduld. Mein einziges Werkstück, das ich jemals zustande gebracht habe, war ein Meisenhaus. Leider war das Einflugloch so klein, dass die Meise beinahe darin stecken geblieben ist. Seitdem steht das Vogelhaus leer, und ich kann mich nicht dazu aufraffen, das Loch größer zu machen.

Unauffällig schiele ich zu Lasse rüber und blicke direkt in seine honigfarbenen Augen, weil er genau in dem Moment den Kopf in meine Richtung dreht. Als er mich anlächelt, schaue ich schnell auf den Teppich. Irgendwohin muss ich ja gucken, denn wenn er mich noch länger so ansieht, wird mir ganz schwindelig.

Kein Wunder, denn mit seinen dunklen Locken sieht er verdammt gut aus. Obwohl er tagsüber in der Werkstatt arbeitet, ist seine Haut leicht gebräunt, was seine Augenfarbe noch unterstreicht. In seinem blau-weißen Ringelshirt und den abgewetzten Jeans strahlt er eine natürliche Lässigkeit aus. Tja, da können die anderen hundert Verehrer meiner Schwester wohl einpacken. Ich denke an die Jungs aus der Schule, die mich dauernd nach ihrer Handynummer fragen. Lasse können sie nicht das Wasser reichen. Genauso klar ist, dass ich so einen Typen niemals für mich gewinnen könnte.

»Das ist Annika, meine Schwester«, stellt Mel mich den

anderen vor. »Ich hatte euch ja erzählt, dass sie bei uns mitmachen will.«

»Wir können jede Hilfe gebrauchen«, sagt Cleo freundlich. »Willkommen im Team, Annika.«

»Danke.«

Neugierig mustert sie mich mit wachen Augen. Ihre dicken blonden Haare sind kinnlang geschnitten, und an ihren Handgelenken trägt sie eine ganze Sammlung von bunten Armbändern. Wenn sie die Souvenirs verschiedener Festivals sind, muss Cleo in den letzten Monaten einige besucht haben. Mein Respekt vor ihr steigt. Sie scheint ein echter Fan zu sein. Alle schauen mich erwartungsvoll an, und ich räuspere mich verlegen. »Ähm, Mel hatte angedeutet, ihr hättet schon einen Job für mich?«

»Ja genau«, sagt Cleo. »Wir haben überlegt, ob du vielleicht die Bandbetreuung übernehmen könntest.«

Bandbetreuung, das klingt toll! »Was genau macht man da?«

»Das ist ein ziemlich wichtiger Job«, erklärt Jacob, der ruhende Pol der Truppe. Er ist ein bisschen fülliger und hat freundliche braune Augen. »Die Musiker sollen sich vor ihrem Auftritt noch mal entspannen können. Wir dachten, wir stellen ihnen einen Wohnwagen hinter die Bühne. Du müsstest organisieren, wann welche Band dort ist, und sie rechtzeitig zum Soundcheck auf die Bühne schicken. Und es wäre nett, wenn du ihnen ein paar Getränke bereitstellst und etwas zum Knabbern anbietest. Was meinst du, wäre das etwas für dich?«

»Absolut«, antworte ich, und mir wird bewusst, was für

ein Glückspilz ich bin. Ich werde alle Musiker unseres Festivals höchstpersönlich kennenlernen und hinter die Kulissen blicken, im wahrsten Sinne des Wortes. »Das mache ich supergern.«

Cleo, Jacob, Lasse und Mel tauschen zufriedene Blicke aus.

»Schön, dann wäre das ja geregelt«, sagt Mel.

»Cool, dass du dabei bist«, meint Lasse und reckt den Daumen in die Luft. »Du machst das bestimmt gut.« Seine Vorschusslorbeeren lassen mich sofort wieder erröten, und ich angele mir schnell ein Glas, um mich dahinter zu verstecken.

»Wir treffen uns nächste Woche bei Cleo«, kündigt Mel an. »Wenn du willst, kannst du auch kommen und schon mal den Wohnwagen inspizieren. Der gehört Cleos Eltern und steht dort im Carport.«

»Gern, und was macht ihr solange?«

»Wir suchen die Bands aus, die auf dem Festival spielen«, erklärt Cleo mit wichtiger Miene.

Ich finde das megainteressant und habe auch gleich eine Frage dazu. »Guckt ihr euch die Bands live an, oder hört ihr nur in die Tapes rein?«

»Zuerst hören wir uns nur die Aufnahmen an, die uns die Bands zuschicken«, sagt Lasse und nippt an seinem Eistee. »Wenn uns die Musik gefällt, laden wir sie ins Jugendzentrum ein. Dort gibt es genug Platz für die Musiker, und es steht sogar ein Schlagzeug bereit.«

Ich kenne das Jugendzentrum, das wir alle nur JUZ nennen. Manchmal gehe ich mit Sara zur Samstagsdisco. Sonst gibt es hier ja nichts, was wir machen können. Wir sind umzingelt von grünen Wiesen, wo sich Fuchs und Hase Gute Nacht sagen, aber leider nur selten der Bär steppt.

»Im JUZ sehen wir, wie die Band live auf uns wirkt«, ergänzt Mel. »Und wer in die engere Auswahl kommt.« Sie seufzt. »Es ist aber echt schwer, sich zu entscheiden bei den vielen Bewerbern.«

»Und dann veranstalten wir auch noch ein Warm-up im JUZ«, sagt Cleo. »Oje, das müssen wir auch noch organisieren.« Sie runzelt die Stirn und schreibt mit großen Buchstaben WARM-UP auf einen Zettel.

»Warm-up? Was soll das sein?«, frage ich. »Wollt ihr mit den Musikern Sport machen?«

»Das eher nicht«, sagt Lasse und grinst mich breit an, als hätte er den Witz des Tages gehört. Dabei zeigt er seine strahlend weißen Zähne, und ich ertappe mich schon wieder dabei, wie ich ihn anstarre. »Wir laden die zwei Bands ein, die uns von allen am meisten gefallen, und lassen sie vor Publikum spielen. Dann sehen wir, wer am besten bei den Zuschauern ankommt, und entscheiden, wer den Hauptact bekommt.«

Hauptact?

Jacob interpretiert mein fragendes Gesicht richtig. »Beim Hauptact spielt die letzte Band des Abends, es ist der Höhepunkt des Festivals«, erklärt er. »Wie gesagt, unsere Aufgabe ist es, herauszufinden, welche Band sich dafür am besten eignet. Allerdings haben einige nicht mal genug Stücke, um eine halbe Stunde zu füllen, die fallen somit schon mal raus.«

Ich bin Feuer und Flamme und kann kaum fassen, dass

ich bald so etwas Wichtiges mitentscheiden kann. Begeistert blicke ich in die Runde. »Ich freue mich darauf«, sage ich. »Das wird toll!«

Allgemeines Schweigen macht sich breit.

»Ähm, ich glaube, hier gibt es ein Missverständnis«, schaltet Mel sich nun ein. »Es ist so: Für die Bandauswahl sind nur Cleo, Lasse und ich zuständig.«

»Ach so«, sage ich und werfe beinahe mein Glas um. »Ich dachte nur, wir entscheiden alles zusammen.«

»Es wird zu kompliziert, wenn so viele Leute mitreden«, meint Cleo. »Deshalb haben wir das Casting-Team gebildet.« Sie sieht meinen enttäuschten Gesichtsausdruck. »Aber keine Sorge, es ist noch genug für dich zu tun, du wirst schon sehen.« Ich habe verstanden. Es ist so wie immer. Die wirklich wichtigen Dinge entscheiden die anderen allein. Weil ich nur die kleine Schwester bin.

Ich lehne mich gegen das Kissen in meinem Rücken und verschränke die Arme. Enttäuschung macht sich in mir breit.

Für die anderen ist das Thema damit beendet, und sie wenden sich den nächsten Punkten zu, die besprochen werden müssen. Mel hat sie alle fein säuberlich auf einer Liste notiert. Es geht um Dixi-Klos, den Getränkeverkauf, den Aufbau der Bühne, den Abbau und hundert andere Dinge.

Am Ende des Treffens bin ich zwar immer noch enttäuscht darüber, dass ich nicht beim Casting mitmachen kann, freue mich aber viel zu sehr auf alles andere. Und auch wenn meine Schwester mir anscheinend nichts zutraut, werde ich meinen Job als Bandbetreuerin richtig gut machen. Ich kann es kaum erwarten, damit loszulegen.

04

ZUM NÄCHSTEN TREFFEN der Festival-Crew habe ich einen Fragebogen entworfen. Die Idee dazu kam mir, als ich nicht einschlafen konnte, weil ich immerzu an Lasse denken musste. Und an seine Augen. Einen winzigen Moment lang habe ich mir vorgestellt, wie es wäre, mit ihm zusammen zu sein. Ich wäre der megaglücklichste Mensch der Welt! Aber das sind Hirngespinste. Außerdem ist Mel viel toller als ich, und das wird Lasse längst gemerkt haben. Ich habe mir geschworen, nicht mehr an ihn zu denken und mich voll und ganz auf das Festival zu konzentrieren.

Nachts habe ich die merkwürdigsten Einfälle. Wie bunte Feuerwerksraketen leuchten sie kurz vor dem Einschlafen auf und verlöschen dann, sobald mir die Augen zugefallen sind. Normalerweise erinnere ich mich am nächsten Morgen nicht mehr daran. Doch die Idee mit dem Fragebogen spukte mir auch nach dem Aufwachen noch im Kopf herum, und gleich nach der Schule habe ich mich an die Arbeit gemacht.

Den Fragebogen will ich an die Bands schicken, damit ich weiß, was sie vor ihrem Auftritt gern trinken oder essen möchten. Oder ob sie vielleicht Extrawünsche haben oder Allergien. Ich zum Beispiel nasche gern ein Stück Schokolade oder ein paar Gummibärchen, wenn ich aufgeregt bin. Als Bandbetreuerin müsste ich außerdem wissen, was die Musiker auf der Bühne brauchen. Das kann alles Mögliche sein, vom Handtuch bis zum Filterkaffee. Ich bin jetzt schon gespannt auf die Antworten.

Mel und ich sind zusammen zu Cleo geradelt, die nur zehn Minuten von uns entfernt wohnt. Nun sitzen wir in ihrem Zimmer und trinken Rhabarberschorle. Cleo und Mel haben es sich auf dem Blümchensofa bequem gemacht, während Lasse und ich auf großen Sitzkissen hocken, die Cleo auf dem Teppich ausgebreitet hat. Das Fenster ist geöffnet, draußen mäht jemand den Rasen, und ich höre, wie das Geräusch näher kommt und sich entfernt. In meinen Ohren ist das Sommermusik.

Jacob ist nicht dabei, er schaut sich heute Abend an, wie er die Bühne des JUZ auseinanderbauen kann. Wir dürfen sie uns für das Festival ausleihen, was total super ist, denn eine eigene könnten wir uns niemals leisten.

Lasse erzählt etwas von den neun Bands, die sich bei uns beworben haben und die wohl alle sehr unterschiedlich sind. »Da unser Festival nur an einem einzigen Abend stattfindet, können maximal vier Bands auftreten. Jedenfalls, wenn wir gegen dreiundzwanzig Uhr fertig sein wollen. Das ist die Auflage, die uns der Bauer gemacht hat. Er will, dass ab Mitternacht Ruhe herrscht.«

Lasses Augen leuchten, wenn er redet. Mit seinen Händen unterstreicht er jedes Wort, und ich sehe ihm total gern dabei zu. Seine Hände sind immer in Bewegung und sprechen beinahe mehr als sein Mund.

Auch meine Schwester hängt an seinen Lippen und unterbricht ihn kein einziges Mal. Sie nickt zu allem, was er erzählt, und sagt dauernd »Stimmt«, »Genau« und »Ganz richtig«.

Nachdem Lasse fertig ist, ergreife ich die Gelegenheit. »Ich möchte euch meinen Fragebogen vorstellen, den ich für die Bandbetreuung vorbereitet habe«, sage ich und verteile die Ausdrucke, die ich mitgebracht habe. Ich erkläre den anderen, worum es geht.

»Das ist eine klasse Idee!«, lobt Cleo mich. »Du müsstest nur darauf achten, dass du eine Frist für die Antworten setzt, damit du genug Zeit für den Einkauf hast.«

Ich schlucke. Welcher Einkauf? Darüber habe ich mir noch überhaupt keine Gedanken gemacht. Ob ich ganz allein alle Sachen anschleppen muss, die wir im Wohnwagen brauchen? Hoffentlich erwarten die anderen nicht, dass ich alles von meinem Taschengeld bezahle.

Ich nicke Cleo zu. »Ja, stimmt, danke für den Tipp.«

»Also, ich finde die Idee mit dem Fragebogen super«, sagt Lasse, und auch Mel nickt mir anerkennend zu.

»Freut mich.« Ich strahle über das ganze Gesicht.

»Gut.« Cleo schwingt die Beine vom Bett. »Dann würde ich jetzt gern mit euch über die Bands sprechen. Vorher möchte ich Annika nur noch kurz den Wohnwagen zeigen.«

Damit bin ich aus der Runde entlassen. Cleo schließt das Fenster, und das sommerliche Geknatter draußen erstirbt.

Schade, ich mochte das Geräusch. Ich mag viele Geräusche, denn sie sind Verwandte der Musik. Das Klackern von hohen Absätzen auf dem Gehsteig beispielsweise oder das Rauschen von Blättern im Wind oder eben der Rasenmäher-Sound. Ich verstaue meine Zettel im Rucksack.

»Annika?« Cleos Stimme holt mich zurück.

Ach herrje, sie steht schon an der Tür.

Eigentlich habe ich gar keine Lust zu gehen. Doch dann raffe ich mich auf und winke zum Abschied in die Runde. »Also, falls wir uns nicht mehr sehen, bis zum nächsten Mal. Und viel Spaß noch bei eurer Besprechung.«

»Bis bald.« Lasse hebt die Hand.

»Kann sein, dass es hier später wird«, sagt Mel. »Warte nicht auf mich, wenn du fertig bist. Ich erzähle dir dann nachher, welche Bands dabei sind.«

»Okay, alles klar«, antworte ich, obwohl ich ein bisschen enttäuscht bin. Zu Hause hören wir uns neue Bands immer gemeinsam an und reden dann oft stundenlang über die Songs. Es fühlt sich merkwürdig an, dass Mel mich bei der Auswahl nicht dabeihaben will.

Doch ich bin froh, überhaupt mitmachen zu dürfen, und darum will ich mich nicht beklagen.

Und da steht er. Der Wohnwagen. Es ist ein kleines, schnuckeliges, altmodisches Exemplar, das sofort mein Herz erwärmt.

Und es ebenso schnell wieder abkühlt. Ein Blick auf den moosartigen Belag an der Außenwand reicht dafür vollkommen aus.

»Komm, wir schauen mal rein«, sagt Cleo und öffnet die Seitentür. Das heißt, sie will sie öffnen, denn die Tür lässt sich nicht bewegen.

»Die ist wahrscheinlich eingewachsen«, sage ich.

»Ach, Quatsch«, murmelt Cleo und rüttelt weiter daran. »Der Wohnwagen wurde nur länger nicht mehr benutzt.« Schließlich hat sie es geschafft. Die Tür gibt den Blick in das Innere des Wohnwagens frei.

»Na also, wer sagt's denn?« Mit strahlendem Wohnwagenverkäuferlächeln tritt sie zur Seite, um mir Platz zu machen.

Ich stecke vorsichtig meine Nase in das Innere des Wohnwagens – und ziehe sie gleich wieder zurück.

»Habt ihr da drin eine Leiche versteckt?«, frage ich und betrachte argwöhnisch die Sitzbänke mit dem schmalen Klapptisch in der Mitte.

»Höchstens unsere alte Katze«, erwidert Cleo trocken. »Aber wenn man lüftet, geht der Geruch garantiert weg.«

Ich wünschte, ich könnte ihr glauben.

Gleich neben der Tür ist ein kleines Waschbecken. Ich drehe versuchsweise an den Wasserhähnen, aber es kommt kein Wasser heraus.

»Der Wassertank müsste mal aufgefüllt werden«, stellt Cleo fest. »Das sollte aber kein Problem sein.«

»Und was ist damit?« Ich zeige auf die Wände, die grün angelaufen sind. »Verschwindet das auch beim Lüften?«

»Na ja, ehrlich gesagt …« Cleo druckst ein bisschen herum. »Ich, äh, wir dachten, dass du den Wohnwagen ein wenig auf Vorder…«

»Dass ich das alles putze?«

Das kann sie nicht ernst meinen, oder?

»Du brauchst nicht so gründlich zu sein«, sagt Cleo beschwichtigend. »Aber es wäre super, wenn du das Gröbste beseitigen könntest. Schau einfach, wie lange du Lust dazu hast.«

Ich starre sie an.

»Brauchst du noch ein paar Putzmittel?«, fragt Cleo doch tatsächlich als Nächstes.

Ich streiche mit dem Zeigefinger über den Klapptisch und betrachte die Fingerkuppe. Sie ist schwarz.

»Warte kurz, ja?« Mit diesen Worten macht Cleo auf dem Absatz kehrt.

Nach ein paar Minuten öffnet sich die Haustür wieder, und Cleo kommt mit einem dampfenden Wassereimer heraus. In der anderen Hand hält sie einen zweiten Eimer, der mit Putzmitteln, Schwämmen und Tüchern gefüllt ist.

»So, damit müsstest du einiges bewirken können«, verkündet sie und stellt die Eimer neben mir ab. »Wie gesagt, mach dir keinen Stress. Ich denke mal, dass die Bands vor ihren Auftritten ohnehin nicht so sehr auf die Ästhetik achten.« Aufmunternd klopft Cleo mir auf die Schulter. »Du kannst die Putzsachen einfach im Wohnwagen lassen, wenn du fertig bist und nach Hause gehen willst.«

Ich fühle mich wie Aschenputtel.

»Mhm«, sage ich grummelnd. »Dann werde ich mal.«

Cleo verabschiedet sich von mir und geht zu den anderen zurück. Ich ordne die Putzmittel und kämpfe mit den Tränen. Ursprünglich hatte ich gedacht, ich könnte dabei helfen, ein Festival zu organisieren, und nun habe ich einen Putzjob an Land gezogen. Erst bin ich einfach nur enttäuscht, doch dann macht mich das ganz schön wütend, und das ist nur gut so. Denn die Wut verleiht mir zusätzliche Energie. Am liebsten möchte ich mit voller Kraft gegen die schimmelige Wohnwagenwand treten. Doch dann fällt bestimmt alles in sich zusammen und begräbt mich unter den Trümmern. Also reiße ich mich zusammen.

In den nächsten Stunden putze, schrubbe und wische ich mit vollem Körpereinsatz. Da ich mir nicht sicher bin, ob nicht doch irgendwelche toten Tiere in den muffigen Kissen versteckt sind, ziehe ich die Bezüge ab. Zu Hause werde ich sie als Erstes in die Waschmaschine stecken. Dann kratze ich das faulige Grün von den Wänden und habe im Nu die Hälfte des Scheuermittels aufgebraucht. Nach und nach zeigt sich dahinter tatsächlich eine andere Farbe. Honiggelb. Von meinem Erfolg angestachelt, mache ich weiter. Und als die Wand in ihrer natürlichen Farbe erstrahlt, sämtliche Spinnweben entfernt sind und ich eine atompilzgroße Staubwolke aus den Sitzmöbeln geklopft habe, steht plötzlich Mel vor der Tür.

»Bist du etwa immer noch da?«

»Wonach sieht es denn aus?«, frage ich zurück und wische mir den Schweiß von der Stirn.

»Wow, der Wohnwagen ist ja nicht wiederzuerkennen.« Mel macht einen langen Hals.

»Sag bloß, du hast gewusst, dass der Wohnwagen total dreckig ist?«, frage ich.

»Na ja, also …«, setzt Mel an.

»Hey, mach mal langsam Feierabend«, ruft Lasse mir

zu, der gerade aus dem Haus kommt. »Oder gefällt dir der Wohnwagen so gut, dass du darin übernachten willst?«

»Definitiv nicht«, erwidere ich. »Und übernachten will ich hier schon gar nicht.«

»Das war deutlich.« Lasse lächelt mich unsicher an. »Tja, dann gehe ich mal. Tschau!« Und schon hat er sich aus dem Staub gemacht. Im wahrsten Sinne des Wortes.

Auf dem Nachhauseweg will Mel mir von der Bandentscheidung berichten, aber es fällt mir schwer, ihr zu folgen. Irgendwann bleibt Mel stehen und schaut mich an: »Was ist los, Annika?«

Da bricht die ganze aufgestaute Wut aus mir heraus. Ohne Punkt und Komma erzähle ich ihr, wie gemein ich es finde, dass ich allein den versifften Wohnwagen putzen musste.

Mel unterbricht mich nicht ein Mal. Als ich fertig bin, seufzt sie. »Weißt du, wir alle erledigen blöde Jobs, du bist nicht die Einzige. Jacob, zum Beispiel, nimmt die komplette Bühne des Jugendzentrums auseinander und transportiert sie im Auto zur Festwiese, um sie dort wiederaufzubauen. Und natürlich hat er sich auch für den Rücktransport bereit erklärt.«

»Und du?«, entgegne ich. »Was machst du?«

Ich sehe, wie meiner Schwester das Blut in die Wangen schießt, was kein gutes Zeichen ist. »Hör zu, Annika. Niemand hat dich gezwungen, bei uns mitzumachen. Wenn du keine Lust mehr hast, steigst du eben wieder aus! So einfach ist das!«

»Nein!« Ich schüttele den Kopf. »Nicht, nachdem ich den ganzen Wohnwagen geputzt habe!«

05

NACH DER SCHULE gehe ich zu Sara. Es tut gut, Mel aus dem Weg zu gehen, aber der Hauptgrund ist, dass ich jetzt ganz dringend einen Freundinnennachmittag brauche. Saras Mutter ist noch bei der Arbeit, und wir haben es uns mit zwei Bechern Kakao im Wohnzimmer gemütlich gemacht. Endlich kann ich meiner besten Freundin von der blöden Wohnwagen-Putzaktion erzählen.

»Aber immerhin bist du im Team, das wolltest du doch«, sagt Sara und zieht mit einem Teelöffel die Haut zur Seite, die sich auf dem Kakao gebildet hat.

»Was soll denn das für ein Team sein?«, entgegne ich empört. »Ich weiß nicht mal, welche Bands beim Festival auftreten werden.« Undeutlich erinnere ich mich daran, dass Mel die Namen auf dem Nachhauseweg genannt hat. Aber das spielt jetzt auch keine Rolle mehr.

»Vielleicht musst du dir wünschen, noch mehr beteiligt zu werden«, sagt Sara und legt die Haut auf einem kleinen Teller ab. Dann wickelt sie eine Haarsträhne um den Finger und zwirbelt sie, was sie oft tut, wenn sie über etwas nachdenkt.

»Wünschen? Wie meinst du das?«, frage ich. Manchmal spricht meine Freundin in Rätseln.

»Darüber habe ich einen Artikel in Mamas Yoga-Zeitschrift gelesen«, erklärt Sara. »Sich etwas zu wünschen, funktioniert angeblich besser, als sich wegen jeder Sache Stress zu machen oder mit dem Kopf durch die Wand zu wollen.« Sie hält sich den Becher unter ihre Nase und schnuppert daran. Das macht sie mit allen Dingen, die sie isst oder trinkt. Sogar am Pausenbrot muss sie erst riechen, bevor sie hineinbeißt. Manchmal wirkt sie dabei wie ein kleines, neugieriges Tier.

»Und wie soll das gehen?«, frage ich. »Mit dem Wünschen?«

»Du formulierst ganz genau, was du willst«, sagt Sara. »Dann schreibst du den Wunsch auf einen Zettel, verbrennst ihn und wartest ab, was passiert.«

Ich weiß nicht so recht. Für meinen Geschmack klingt das ziemlich nach Hokuspokus. Ich lasse meinen Blick über die Heilsteine wandern, die Saras Mutter auf der Fensterbank versammelt hat. Sie sollen für gute Energien sorgen. Ich runzle die Stirn. Irgendwie ist das nicht ganz meine Welt.

»Jetzt schau nicht so komisch«, sagt Sara, die mal wieder meine Gedanken errät. »Das ist doch nur ein Spiel.« Sie legt ihre Beine auf das Sofa. Dabei kommen ihre Socken zum Vorschein. Sie haben die gleiche Farbe wie ihr grünes Shirt.

Ich staune. Sara stimmt selbst die Sockenfarbe sorgfältig ab? Bislang dachte ich immer, nur meine Schwester wäre so perfektionistisch. Ich hingegen bin schon froh, wenn ich zwei Socken von der gleichen Farbe erwische.

Sara legt ihre Hand auf mein Knie. »Wir könnten es wenigstens mal probieren, findest du nicht?«

»Na gut.« Ich seufze schicksalsergeben. »Wenn du unbedingt willst.«

Nachdem wir unseren Kakao ausgetrunken haben, sucht Sara Zettel und Stifte zusammen, und dann setzen wir uns an den Tisch und schreiben auf, was wir uns wünschen. Während ich zu Papier bringe, dass ich von nun an bei allen wichtigen Entscheidungen des Festival-Teams beteiligt werden möchte, ist Sara ebenfalls eifrig dabei, etwas auf den Zettel zu kritzeln.

»Was schreibst du denn eigentlich?«, frage ich und setze den Stift ab.

»Äh, ich?« Sara wird rot. »Also, ähm, das hat etwas mit Tim aus der Parallelklasse zu tun. Den finde ich nämlich ganz süß.«

»Ich glaube, ich finde diese Wunschzettel doch ganz gut«, erwidere ich lächelnd. »Denn jetzt weiß ich wenigstens, was mit meiner besten Freundin los ist.«

Sara grinst mich verlegen an. »Ich hätte es dir schon noch erzählt. Aber es ist alles so schrecklich kompliziert …« In der nächsten halben Stunde redet Sara von nichts anderem als Tim und davon, dass sie nicht weiß, ob er sie auch gut findet, und sie keine Ahnung hat, wie sie das herausfinden soll.

»Wahrscheinlich überlegt er die ganze Zeit, wie er dich ansprechen soll, traut sich aber nicht«, sage ich, denn so, wie ich Sara kenne, hat sie an diese Möglichkeit überhaupt noch nicht gedacht. »Im Ernst, Ladies first, wie es so schön heißt. Wenn dir was an ihm liegt, dann mach du den Anfang.«

Umgekehrt findet Sara, dass ich mich im Team mehr einmischen sollte, auch wenn es um die Bandauswahl geht. »Und an deiner Stelle würde ich mich wieder mit Mel vertragen«, rät sie mir. »Es ist nicht gut für die Stimmung im Festival-Team, wenn ihr euch streitet.«

Und vielleicht liegt sie damit nicht mal so verkehrt. Nach und nach fühle ich mich besser. So ein Freundinnennachmittag tut unheimlich gut. Und als wir uns so richtig ausgequatscht haben, schnappen wir uns die Zettel und gehen auf den Balkon.

»Hier, du zuerst.« Sara reicht mir das Feuerzeug, und ich stecke meine Wünsche in Brand. Die Flamme kräuselt den Rand und frisst sich wie ein hungriges Tier durch das Papier. Es dauert nur Sekunden, aber am Ende ist bloß noch ein Ascherand übrig. Kurz bevor ich mir die Finger verbrenne, lasse ich den Zettel los und sehe dabei zu, wie er davongetragen wird.

Mein größter Wunsch wird leicht wie ein Schmetterling. Und auch mir wird merkwürdigerweise viel leichter ums Herz.

Beschwingt radele ich etwas später nach Hause, und ich nehme mir fest vor, mich mit Mel zu vertragen. Dieser Streit bringt keinen von uns weiter. Und wenn sie nicht den ersten Schritt macht, dann gehe ich ihn eben.

Zu Hause erwartet mich eine Überraschung. Unser Tisch ist nur für drei Personen gedeckt. »Für deine Mom, dich und mich«, erklärt Paps, der in der Küche steht und in den Töpfen rührt.

»Und was ist mit Mel?« Sofort mache ich mir tausend Gedanken und bekomme ein mulmiges Gefühl. Vielleicht ist sie immer noch sauer auf mich und will mich nicht sehen. Weshalb sie lieber alleine auf ihrem Zimmer isst. Ich lasse mich auf einen Stuhl sinken und fühle mich schlagartig mies.

Paps stellt sein berühmtes selbst gemachtes Kartoffelmus auf den Tisch und öffnet den Topfdeckel. Hm, das riecht gut.

»Mel hat sich hingelegt«, sagt er und füllt mir eine große Portion auf den Teller. »Wahrscheinlich ist sie krank.«

»Nicht nur wahrscheinlich, sondern leider ganz sicher«, sagt Mom, die soeben hereingekommen ist und sich einen Stuhl heranzieht. »Ich habe ihr eine Tasse Kräutertee gebracht. Sie hat Fieber und fühlt sich ganz scheußlich.«

»Die Arme!« Mel tut mir echt leid, aber ich bin trotzdem froh, dass es nichts mit mir zu tun hat. Es sei denn, unser Streit hat sie so mitgenommen, dass sie krank geworden ist. Ich wäge die Möglichkeit ab. Das täte mir wirklich leid, denn das habe ich nicht gewollt. Ich beschließe, gleich nach dem Essen nach ihr zu sehen.

Beim Abendessen ist es stiller als sonst, denn normalerweise führt Mel das Tischgespräch. Messer und Gabel kratzen über die Teller. Ab und zu klirrt ein Glas, wenn es zu abrupt abgesetzt wird. Um die Stille zu überbrücken, fragen meine Eltern mich ein bisschen aus, wie es in der Schule läuft.

»Och, ganz gut«, antworte ich und leite zu einem viel wichtigeren Thema über. »Ich bin jetzt im Festival-Team, genau wie Mel. Deswegen möchte ich natürlich auch beim Festival dabei sein.« Ich schaue meine Eltern an. Sie wirken noch nicht ganz überzeugt. »Wir können am nächsten Tag auch ausschlafen«, argumentiere ich.

»Das habe ich anders verstanden«, erwidert Paps fröhlich. »Mel hat erzählt, dass sie frühmorgens die Festival-Wiese aufräumen muss.«

»Ach so, kein Problem«, sage ich. »Ich würde nur gern bis zum Ende bleiben wollen.«

An Paps' Grinsen erkenne ich, dass er mich längst verstanden hat.

»Du fährst auf keinen Fall alleine durch die Nacht«, sagt Mom. »Und eigentlich musst du um zehn Uhr zu Hause sein.«

»Aber Mel ist doch bei mir, und wir würden gemeinsam zurückfahren«, sage ich. »Oder ihr holt uns mit dem Auto ab.«

»Danke für die großzügige Einladung zum Fahrdienst«, sagt Paps und ergreift Moms Hand. »Wir müssen uns das noch einmal genau überlegen und natürlich auch mit Mel besprechen.«

»Dazu muss sie aber erst mal gesund werden«, sagt Mom.

Na gut. Ich gebe mich mit ihrer Antwort vorläufig zufrieden und esse meinen Teller leer. Immerhin haben sie nicht Nein gesagt.

»Da wäre noch etwas«, sage ich. »Übermorgen treten im Jugendzentrum ein paar Bands auf, die auch beim Festival spielen sollen. Da wäre ich auch gern dabei.«

»Und wann wärst du dann wieder hier?«, fragt Mom, als

wäre dies das Einzige, was zählt. Nicht, wie wichtig die Veranstaltung ist, welche Freunde ich dort treffe oder wer dort auftritt. Nur, wann ich wieder zu Hause bin. Typisch Eltern.

»Pünktlich um zehn«, antworte ich.

»Einverstanden, aber ich hoffe, du hältst dich daran«, sagt Mom.

»Na klar, ich will ja nicht meinen Festivalbesuch gefährden«, erkläre ich. »Ihr habt mich sozusagen in der Hand.«

Paps zwinkert mir zu. Das scheint ihm zu gefallen.

Damit meine Eltern sehen, was für eine Mustertochter ich bin, räume ich nach dem Abendbrot sogar die Teller in die Geschirrspülmaschine. Dann ist es Zeit für meinen Krankenbesuch.

Vorsichtig öffne ich Mels Zimmertür und spähe hinein.

»Hallo, Mel«, sage ich leise.

Mel liegt im Bett und ist wach. »Na du«, begrüßt sie mich mit heiserer Stimme. »Komm rein.«

Ich setze mich zu ihr auf die Bettkante. »Wie geht es dir?«

»Na ja, ziemlich bescheiden«, krächzt Mel.

Das ist nicht zu übersehen. Ihre Augen glänzen fiebrig, das Gesicht ist gerötet, und ihre Hand ist eiskalt. Ich beschließe, jetzt mal mit gutem Beispiel voranzugehen, und gebe mir einen Ruck. Beim nächsten Streit ist sie dann wieder an der Reihe, den ersten Schritt zu machen.

»Tut mir leid wegen gestern«, murmele ich. »Aber ich war echt ein bisschen sauer.«

»Ja, ich auch.« Ächzend setzt Mel sich im Bett auf.

»Wollen wir uns wieder vertragen?«, frage ich.

»Gern«, sagt Mel und schaut mich aus geröteten Kaninchenaugen an. »Das müssen wir sogar. Ich brauche nämlich deine Hilfe.«

»Wobei denn?«, will ich wissen und wärme ihr die eiskalte Hand.

»Beim Warm-up. Wir müssen doch entscheiden, welche Band den Hauptact bekommt, und ich glaube ehrlich gesagt nicht, dass ich übermorgen schon wieder fit bin.«

Ich schaue sie an. Es ist ziemlich gewöhnungsbedürftig, Mel mit dieser schleppenden Stimme sprechen zu hören. Ehrlich gesagt glaube ich auch nicht, dass sie so bald wieder gesund ist.

»Okay, was soll ich machen?«, frage ich.

Mel angelt sich ihre Teetasse und nimmt einen Schluck. Bevor sie weitersprechen kann, muss sie sich mehrmals räuspern. »Die erste Band heißt *Jasper*, die andere nennt sich *Die sinkenden Enten.*«

Ich muss lachen, als ich das höre.

Mel verdreht die Augen. »War ja klar, dass dir das gefällt. Kannst du bitte trotzdem für *Jasper* stimmen? Cleo und ich möchten, dass die Jungs den Hauptact bekommen. Die werden bald ganz berühmt, und es wäre doch super, wenn sie bei uns ihren Durchbruch hätten.« Ich verstehe. So also läuft der Hase mit den roten Kaninchenaugen. Mels Gesicht glüht, und sie krächzt: »Es würde mich total freuen, wenn *Jasper* es schafft.«

»Kein Problem«, sage ich. »Das mache ich gern.« Ich zupfe die Bettdecke zurecht und verabschiede mich von ihr. An der Tür knipse ich das Licht aus. Mel ist schon eingeschlafen.

Aber ich bin hellwach.

Ich werde beim Casting dabei sein. Zusammen mit Cleo und Lasse. Ich kneife mir jetzt mal ganz kräftig in den Arm.

Es ist wie im Märchen.

Wo das Wünschen noch geholfen hat.

06

FREITAGABENDS ist in unserem Vorort nichts los. Um etwas zu erleben, muss man mit der Bahn in die Stadt fahren. Das Problem dabei ist, dass die Bahn nur im Stundentakt fährt und spätabends überhaupt nicht mehr. Das heißt, selbst wenn ich sechzehn bin, wird es schwierig sein, auszugehen. Unsere Rettung ist das JUZ, das Jugendzentrum in der Marktstraße, eine alte Villa, die rundum mit Graffiti besprüht ist. Es ist unsere Oase in einer Wüste aus Stunden, die manchmal unendlich langsam vergehen.

Aus lauter Langeweile habe ich schon mal ein Gedicht darüber geschrieben. Es beschreibt, wie ich mich an Wochenenden fühle, wenn ich nichts mit mir anzufangen weiß. Heute Abend allerdings rauscht die Zeit nur so vorbei. Ich habe mich vom Familienabendessen abgemeldet, mich auf mein Rad geschwungen und bin pünktlich beim JUZ. Trotzdem bin ich nicht die Erste, die vor der Villa steht.

»Das macht drei Euro Eintritt«, sagt eine junge Frau mit Nasenring, die hinter der Kasse sitzt.

»Für mich auch?«, frage ich nach. »Ich gehöre zum Festival-Team und stehe bestimmt auf der Gästeliste.« Bevor ich losgezogen bin, hat Mel mir den Tipp gegeben, danach zu fragen. »Mein Name ist Annika Tablinsky.«

»Moment mal.« Der Nasenring wirft einen Blick auf einen Zettel mit einer langen Liste. »Ah ja, da stehst du.« Sie macht ein Häkchen hinter meinem Namen und verpasst mir einen Stempelabdruck auf dem Handrücken. Es ist ein Herz, und ich betrachte es zufrieden. Gar nicht übel, zu den Promis zu gehören. Als ich den Saal betrete, in dem das Konzert stattfindet, renne ich beinahe Sara um, die neben ein paar Leuten steht.

»Hey, was machst du denn hier?« Etwas atemlos verteile ich Küsschen auf ihre beiden Wangen.

»Bands anhören?« Sara grinst mich an. »Und du?«

»Ich bin jetzt im Casting-Team!«, verkünde ich strahlend.

»Ach, tatsächlich? Siehst du, es hat geklappt mit deinem Wunsch!«

»Ja«, stimme ich ihr glücklich zu, »und bei dir? Hat dich deine Wunschzettelaktion schon weitergebracht? Ich meine, wegen T– «

In dem Moment spüre ich ihren Fuß auf meinem Turnschuh. »Aua!«

»Welche Wunschzettelaktion?«, fragt eine tiefe Stimme.

Tim! Wie peinlich, ich hatte ihn gar nicht gesehen.

»Äh, nichts«, sage ich. »Wir überlegen nur schon mal wegen der Weihnachtsgeschenke, weil man damit ja nie früh genug anfangen kann.« Ich werde rot, aber lange nicht so rot wie Saras Ohren, die schon beinahe glühen. Das hat aber nichts mit meinem Versprecher zu tun, sondern eher mit diesem Tim.

»Wir sehen uns später«, sage ich, und nachdem ich Sara noch mal zwei Wangenküsschen verpasst und Tim kurz zugenickt habe, gehe ich weiter. Ich würde jetzt echt gern wissen, ob Sara Tim zufällig getroffen hat oder ob sie verabredet waren. Aber da werde ich mich wohl etwas gedulden müssen.

»Hey, Annika, hier sind wir!« Cleo winkt mir zu. Sie steht mit Jacob und Lasse neben der Bühne. Ich bahne mir einen Weg durch das Publikum, das langsam den Saal füllt.

»Viele Grüße von Mel«, sage ich. »Sie ist leider immer noch krank und findet es echt blöd, dass sie nicht dabei sein kann.«

»Ja, wir haben vorhin telefoniert.« Auf Cleos Stirn zeigen sich Sorgenfalten. »Ihre Stimme klingt noch total schwach.«

»Aber super, dass du sie vertrittst«, meint Lasse.

Ich freue mich so darüber, dass er sich darüber freut, und grinse ihn glücklich an.

»Wenn du willst, gehen wir backstage, und ich stelle dir die Bands vor«, sagt Lasse.

Großartige Idee! Hier ist endlich jemand, der mir nicht nur verdreckte Wohnwagen zeigen möchte! Vielleicht kann ich mich mit ihm sogar über Musik unterhalten.

»Also, ich kümmere mich dann mal um die Technik«, verkündet Jacob. »Hannes will mir noch zeigen, wie die Beleuchtung funktioniert.«

Hannes, das ist der Typ, der das JUZ zusammen mit Sabine leitet. Die beiden sind schon Anfang dreißig, aber meistens total entspannt. Jedenfalls ist es super, dass sie uns unterstützen. Nachdem Jacob gegangen ist, beklagt sich

Cleo, dass sie ihn kaum noch zu Gesicht bekommt, weil er sich rund um die Uhr mit dem Festival beschäftigt.

»Er hat neben dem Auf- und Abbau der Bühne die gesamte Technik übernommen und will sich am Festivaltag auch noch um den Einlass kümmern.« Cleo nimmt einen Schluck aus dem Plastikbecher. »Ich kann ihm leider nicht helfen, ich habe die halbe Nacht am Finanzplan getüftelt.«

»Oh, wirklich, obwohl Schule ist?«, frage ich erstaunt.

»Na ja, das war das Mindeste, was ich tun konnte, nachdem Mel schon alle Bauernhöfe abgeklappert hat, bis sie endlich die Wiese gefunden hat.«

Plötzlich kommt mir ein seltsamer Gedanke. Vielleicht bin ich mit meiner Wohnwagenputzaktion doch nicht so schrecklich benachteiligt worden? Zarte Schamesröte überzieht mein Gesicht, und ich betrachte interessiert meine Füße.

Lasse räuspert sich. »Was ist? Kommst du mit?«

»Ich bin bereit«, sage ich. »Wo ist denn der Backstage-Bereich?«

»Dahinten.« Lasse deutet mit dem Kopf auf einen Gang neben der Bühne. Er wippt auf dem Fußballen auf und ab und schaut schon zum dritten Mal auf seine Uhr. Ganz schön zappelig, dieser Lasse, dabei beginnt das Konzert doch erst in einer halben Stunde.

»Braucht ihr mich dabei?«, fragt Cleo. »Sonst würde ich mir gern noch was zu essen holen.«

»Nein, geh nur«, sage ich. »Bis später.« Als ich mich umdrehe, ist Lasse schon im Gang verschwunden. Schnell laufe ich ihm hinterher. Der Backstage-Bereich entpuppt sich als kleine Abstellkammer mit greller Neonbeleuchtung. Darin sitzen drei Jungs auf einem zerschlissenen Sofa und trinken Bier.

»Das ist *Jasper*«, raunt Lasse mir zu. »Die Jungs kommen hier aus der Gegend und sind vor allem bei den Mädchen sehr beliebt.«

Was ich für die Mädchen des Festival-Teams bestätigen kann, mich vorläufig ausgenommen.

Lasse stellt mich vor. »Hey, Jungs, das ist Annika. Sie ist neu in der Festival-Crew und wird die Bandbetreuung übernehmen.«

»Ich bin schon echt gespannt auf eure Musik«, sage ich, weil mir leider nichts Originelleres einfällt.

»Dann lass dich mal überraschen. Ich bin übrigens Mats.« Der Junge, der in der Mitte des Sofas sitzt, wischt sich mit einer lässigen Handbewegung die Justin-Bieber-Tolle aus der Stirn. Sein Kumpel rechts neben ihm, der sich als Oksa vorstellt, hebt prostend die Flasche, und der Dritte sagt schlicht: »Ich bin Ben. Wenn du für uns votest, bekommst du ein Autogramm.«

»Was für eine Ehre«, entgegne ich. »Vielleicht kann ich es ja bei eBay verkaufen, wenn ihr berühmt geworden seid.«

»Wir sind natürlich schon jetzt Stars«, verkündet Mats selbstbewusst. »Wenn auch nicht gerade berühmt.«

»Kein Problem«, entgegnet Lasse. »Bands, die Stadien füllen, können wir derzeit auch gar nicht bezahlen.«

»Das mit den Stadien kann ja noch werden.« Mats grinst. »Bei euch und bei uns.«

Auf jeden Fall haben sich die Jungs schon mal wie Stars

gestylt. Mats trägt eine schwarze Lederhose und dazu ein grün schimmerndes Satinhemd. Er hat es in die Hose gestopft, damit die große Silberschnalle seines Gürtels besser zur Geltung kommt. Das Auffälligste aber sind seine dicken Ringe. An jedem Finger trägt er mindestens einen. Auch die anderen Jungs haben sich Ketten und Armbänder umgehängt, tragen aber ansonsten nur Schwarz. Ben hat sogar seine Fingernägel schwarz lackiert, was er allerdings noch üben muss. Denn er hat ganz schön danebengepinselt. Als er meinen Blick bemerkt, zuckt er entschuldigend mit den Schultern. »Die habe ich im Auto angemalt, aber es hat ganz schön gewackelt während der Fahrt. Na ja, wenn ich nachher am Schlagzeug sitze, sind meine Hände ohnehin in Bewegung, und es fällt gar nicht weiter auf.«

»Ganz deiner Meinung«, pflichte ich ihm bei. Nicht dass ich ein Kosmetik-Freak wäre, aber mir fällt ein, was ich mal in einer Zeitschrift gelesen habe. »Du solltest deine Nägel abends lackieren«, sage ich. »Wenn du am nächsten Morgen duschst oder dir die Haare wäschst, verschwinden die übergemalten Stellen ganz automatisch.«

»Oh, besten Dank für den Tipp«, antwortet Ben verblüfft. »Das ist ja sehr hilfreich. Ich werde es auf jeden Fall ausprobieren.«

Die anderen prusten los, und auch ich muss lachen. Dieser Ben ist echt witzig. Nun bin ich schon gespannt auf die anderen Musiker. Unauffällig schaue ich mich im Raum um. Sollte nicht noch eine zweite Band spielen?

Ich zupfe Lasse am Ärmel. »Wo sind eigentlich *Die sinkenden Enten*?«

»Das frage ich mich auch schon die ganze Zeit«, sagt Lasse mit gerunzelter Stirn. Er zieht sein Handy aus der Hosentasche und schaut nach, ob er eine Nachricht bekommen hat. »Vielleicht haben sie sich verfahren, obwohl, das kann eigentlich nicht sein, sie kommen schließlich auch aus der Gegend.« Er steckt das Handy zurück.

»Wie heißen die? *Sinkende Enten?*« Ben fängt dröhnend an zu lachen. »Das ist doch ein klarer Fall. Die sind unterwegs in einen Teich gefahren und untergegangen, das sagt ja schon der Name.« Ben will sich ausschütten vor Lachen, aber Lasse fährt ihm über den Mund. »Hey, immer schön sportlich bleiben!« An seinem Gesichtsausdruck erkenne ich, dass er den Spruch ebenso überflüssig findet wie ich.

In diesem Moment stolpern drei Jungs und ein Mädchen herein und stellen atemlos ihre Instrumentenkoffer vor uns ab. »Sorry, wir sind etwas spät dran«, sagt ein Junge mit blonden Haaren. »Aber wir mussten noch mal umdrehen, weil ich meine Gitarre vergessen hatte.« Er winkt in den Raum. »Hi, ich bin Björn, und das sind Basti, unser Drummer, Luis, der Keyboarder, und Paula, unsere Bassistin.« Björn ist ungefähr so groß wie ich. Er hat einen federnden Schritt, und alles an ihm wirkt energiegeladen. Sogar seine blonden Haare, die wild durcheinanderfallen. Das lockere graue Shirt, das er trägt, passt super zu seinen hellblauen Augen. Der V-Ausschnitt gibt den Blick auf ein Lederband frei, das er um den Hals trägt. Ich muss sagen, dieser Björn gefällt mir auf Anhieb. Wenn er lächelt, bilden sich Grübchen in seinem Gesicht. Und er lächelt eigentlich die ganze Zeit.

»Willkommen beim Warm-up«, sagt Lasse und klatscht alle Bandmitglieder nacheinander ab. »Ich würde sagen, ihr kommt erst mal an und holt euch was zu trinken. Dann könnt ihr den zweiten Teil des Gigs nach der Pause übernehmen. Und ihr, *Jasper*, geht als erste Band auf die Bühne.«

»Ähm, sorry, aber ich finde, das ist keine gute Idee«, meldet sich Mats zu Wort. »Wir sind eigentlich davon ausgegangen, dass wir als Hauptgruppe auftreten. Nicht nur später beim Festival, sondern auch heute.«

»Nee, du, als Vorgruppe sehe ich uns eigentlich auch nicht«, entgegnet Björn und verschränkt trotzig die Arme vor der Brust.

»Ey, Freunde!« Lasse hebt wie ein Schiedsrichter die Hände. »Es gibt keinen Grund, sich aufzuregen. Fakt ist allerdings, dass ihr wohl kaum gleichzeitig spielen könnt. Ich schlage deshalb vor, wir machen es auf die klassische Tour. Wir losen, okay?«

Björn und Mats nicken stumm, und Lasse holt eine Münze aus seiner Hosentasche. »Kopf oder Zahl?«

»Zahl!«, sagt Mats.

»Na gut, dann nehme ich Kopf«, sagt Björn.

Ich schaue von einem Bandleader zum anderen. So abschätzend, wie sie sich mustern, würden sie sich am liebsten gegenseitig auf den Mond schießen. Ich muss grinsen. Mir soll keiner erzählen, dass es Zickenkrieg nur unter Mädchen gibt. Lasse wirft die Münze, und wir verfolgen gespannt, wie sie auf dem Steinboden kreiselt. Als sie schließlich zur Ruhe kommt, liegt die Zahl oben. *Jasper* hat gewonnen. Mats und seine Jungs lassen sich zufrieden zurück aufs Sofa plumpsen.

Die *Enten* müssen sich nun in aller Eile auf ihren Auftritt vorbereiten. Aber ich finde, Björn, Basti, Paula und Luis reagieren äußerst cool. Ohne zu murren, packen sie ihre Instrumente aus und gehen auf die Bühne, um wenigstens einen kurzen Soundcheck zu machen.

»Ich glaube, wir verschwinden jetzt besser«, sagt Lasse. »Mit ihrem Lampenfieber sind die Bands am liebsten allein.« Er nimmt meine Hand und zieht mich mit sich fort.

Zurück im Raum, stelle ich mich direkt vor die Bühne, damit ich die Bands gut sehen kann und mir keine Einzelheit entgeht. Lasse bleibt unschlüssig neben mir stehen, verzieht sich dann aber, als er Cleo und Jacob weiter hinten entdeckt. Nach etwa zwanzig Minuten leuchten die Scheinwerfer auf, und die Pausenmusik verstummt. In meinem Bauch kreisen lauter Flugzeuge. Als wäre ich diejenige, die gleich ihren Auftritt hat. *Die sinkenden Enten* betreten die Bühne. Sie haben sich nicht umgezogen, sondern tragen immer noch Jeans, Shirts und Turnschuhe. Von mir gibt es dafür einen Pluspunkt. Ich finde es sympathisch, dass sie auf die große Selbstinszenierung verzichten. Sie sind eine Band und machen Musik. So what!

Basti setzt sich hinters Schlagzeug und legt los. Seine Beats gehen mir augenblicklich in die Füße. Luis stellt sich hinter das Keyboard und spielt eine echte Ohrwurm-Melodie, in die gleich darauf Björn mit seiner Gitarre einstimmt. Und als Paula den Bass zupft, gewinnt alles an Tiefe und Rhythmus. Ich schaue mich nach meinen Freunden um. Hey, das ist super, oder?

Die Musik packt mich vom allerersten Augenblick an. Sie

ist schwungvoll und mitreißend, und als dann noch Björn mit seiner tollen Stimme zu singen beginnt, bin ich nur noch begeistert. Und obwohl es der erste Song ist, fangen viele Leute schon an zu tanzen. Björn hat eine super Ausstrahlung und eine unglaubliche Bühnenpräsenz. Er wirkt viel größer als vorhin beim Kennenlernen. Und ich beobachte fasziniert, wie er sich völlig locker zur Musik bewegt.

Nachdem die *Enten* ihr erstes Stück beendet haben, prasselt der Applaus wie ein Platzregen bei Gewitter auf sie nieder. Der Funke ist auf das Publikum übergesprungen. Und genauso geht es weiter. Zwischen den Songs plaudert Björn mit dem Publikum, und bald haben alle das Gefühl, als würde er für jeden von uns höchstpersönlich spielen. Mit jedem Stück drängen die Leute dichter zur Bühne, und alle gehen mit der Musik mit.

Nach ihrem letzten Song stolpern die *Enten* nass geschwitzt von der Bühne, und für mich ist klar: Diese Band muss die Attraktion unseres Festivals werden! Und ich bin nicht allein. Das Publikum fordert lauthals eine Zugabe ein, es bilden sich Sprechchöre, und die Leute trampeln auf den Boden. »Zugabe, Zugabe, Zugabe!«

Als die *Enten* zurück auf die Bühne kommen, bricht Jubel aus. Die Band stimmt nun ein weiteres Stück an. Paula singt die Background-Melodie, was sie absolut toll macht, aber ich habe nur Augen für Björn. Und da passiert es: Ich glaube, ich habe mich verliebt.

Björn, dieser Traummann, sieht aber auch unglaublich gut aus. Und ich stehe da, mit glasigen Augen, und schaue ihn immer nur an. Sein Shirt klebt ihm am Körper. Er springt auf der Bühne herum, schüttelt die Haare und wirbelt das Mikro herum. Ich könnte fast schwören, dass ich sehe, wie seine Augen vor Vergnügen blitzen.

Als der Song vorbei ist, fordert das Publikum eine zweite Zugabe ein. Aber da tritt Björn nach vorn und entschuldigt sich dafür, dass sie leider nicht weiterspielen können, weil die nächste Band auf ihren Auftritt wartet und es unfair wäre, ihre Zeit zu begrenzen. Das ist absolut korrekt. Aber etwas anderes hätte ich von meinem Traummann auch nicht erwartet. Dann sagt er, er würde sich echt freuen, uns alle beim Festival wiederzusehen. Ja, das wäre schön. Und wenn ich daran denke, dass ich ihm schon bald im Wohnwagen begegne, wird mir ganz flau im Bauch.

Die Lichter gehen an.

Auf wackeligen Beinen taumele ich zu Cleo, Lasse und Jacob.

»Das war sensationell, oder?«, frage ich noch völlig benommen.

»Absolut!« Lasse strahlt mich an. »Die haben's echt drauf.«

»Super, wie sie das Publikum eingefangen haben«, sagt auch Jacob. »Das ist eine tolle Truppe.«

»Klar, die waren ganz gut.« Cleo schiebt die Hände in die Hosentaschen. »Aber ich bin mir ziemlich sicher, dass *Jasper* den Auftritt noch toppen wird.«

Ach ja, *Jasper*. Verdammt. Dummerweise fällt mir ein, was ich Mel versprochen habe.

»Wir können uns ja mal überraschen lassen«, murmele ich ausweichend.

»Sie werden uns ganz bestimmt überzeugen«, sagt Cleo,

und mir wird klar, dass sie ihre Entscheidung schon getroffen hat. »Sie sind echte Profis, das sieht man ja auch.«

»Mhm«, mache ich, und dann fällt mir urplötzlich ein, wie schrecklich durstig ich bin. Ich schlendere zur Bar und hole mir einen Apfelsaft, danach kehre ich an meinen alten Platz zurück. *Jasper* hat viele Vorschusslorbeeren bekommen, doch nun möchte ich mir mein eigenes Urteil bilden.

Kurz darauf betritt die Band die Bühne. Und ich erlebe die Überraschung meines Lebens, denn die top gestylten Jungs entpuppen sich als Schmusesongband.

Ja, sie sehen toll aus.

Ja, dieser Mats hat eine samtweiche Stimme.

Und ja, wenn man den ersten Takt gehört hat, kennt man den ganzen Song.

Besser gesagt, alle ihre Songs.

07

»OKAY, dann lasst uns mal abstimmen.« Cleo schlägt die Beine übereinander und verschränkt die Hände auf dem Schoß.

Sie sitzt mir gegenüber in dem kleinen Mitarbeiterraum des JUZ, und ich bin aufgeregt wie damals beim Vorstellungsgespräch für mein Schülerpraktikum. Dabei soll ich nur meine Hand heben. Und sie ist auch gar nicht der Boss.

Bis eben haben Cleo, Lasse und ich die Vor- und Nachteile beider Bands diskutiert. Stimmt schon, was Cleo sagt. *Jasper* wirkt insgesamt kommerzieller. Aber weshalb das nun der große Vorteil sein soll, verstehe ich immer noch nicht. Schon möglich, dass ihnen eine große Karriere bevorsteht und *Jasper* die neue Boygroup des Landes wird. Aber die *Enten* sind viel charismatischer und haben einen sensationellen Auftritt hingelegt, und außerdem singt dort mein Traummann.

»*Jasper* ist gegen die *Enten* langweilig wie trockenes Brot«, sagt Lasse noch einmal.

»Die *Enten* machen einfach die bessere Musik«, füge ich hinzu. »Sie haben auch viel mehr Applaus bekommen als *Jasper*. Mit ihnen hätten wir ein echtes Highlight als Hauptact!«

Lasse nickt mir zu; wir beide sind uns absolut einig. Für die *Enten* reden wir uns schon den Mund fusselig. Aber Cleo will nicht auf uns hören. Sie will unbedingt *Jasper* haben. Und sie betont immer wieder, dass auch Mel für *Jasper* ist. Tja, und das ist der Knackpunkt. Ich habe Mel versprochen, für *Jasper* zu stimmen, also werde ich es auch tun. Selbst wenn ich ganz anderer Meinung bin. Oder? Ich kaue auf meiner Unterlippe herum und weiß nicht, was ich tun soll.

»Können wir eine Pause machen?«, frage ich. »Ich muss noch mal kurz aufs Klo.«

»Alles klar«, sagt Cleo und wirft einen Blick auf die Armbanduhr. »Machen wir in zehn Minuten weiter?«

»Okay«, sage ich, und auch Lasse nickt zustimmend.

Als ich zurückkomme, fängt Lasse mich im Flur ab. »Alles klar bei dir, Annika?«

»Ja, nein, eigentlich nicht.« Ich lasse die Schultern hängen. »Ich weiß echt nicht, was ich tun soll. Ich habe Mel versprochen, in ihrem Sinne abzustimmen, aber ich weiß nicht, ob es die richtige Entscheidung ist, für *Jasper* zu sein.«

»Okay«, sagt Lasse und faltet die Hände vor seiner Brust. »Und wenn du entscheiden könntest, wen würdest du dann wählen?«

»Na, die *Enten* natürlich. Das ist doch klar. Aber um mich geht es hier nicht. Ich bin für Mel hier. Die Sache ist nur die, dass sie ganz sicher auch für die *Enten* gestimmt hätte, wenn sie beim Warm-up dabei gewesen wäre. Sie hätte ihre

Meinung garantiert noch mal geändert! Da bin ich mir absolut sicher. Niemand kennt ihren Musikgeschmack besser als ich.«

»Verstehe«, sagt Lasse und schaut mich mit seinen honigfarbenen Augen an.

»Das ist echt kompliziert«, sagt er.

»Du sagst es.«

»Ich finde nämlich, dass es sehr wohl auf deine Meinung ankommt, denn erstens kennst du dich mit Musik aus.«

»Danke«, hauche ich verlegen.

»Und zweitens kennst du deine Schwester.«

»Stimmt.«

»Und ich bin mir sicher, dass es richtig ist, wenn du deinem Gefühl folgst.«

»Puh.« Ich grinse ihn unsicher an. »Meinst du wirklich …?«

»Ja.« Lasse legt mir die Hand auf die Schulter. »Bereit für das Voting?«

Ich nicke. Mit weichen Knien kehre ich zurück auf meinen Platz.

Unbehaglich rutsche ich auf meinem Stuhl hin und her.

»Wer ist für *Jasper*?«, fragt Cleo.

Sie hebt die Hand. Es ist die einzige. »Annika?«

Ich schüttele den Kopf. Cleo durchbohrt mich mit ihrem Blick und feuert dabei Hunderte von Giftpfeilen ab.

Ich schließe die Augen und sage es mir immer wieder vor: Mel hätte auch für die *Enten* gestimmt, da bin ich mir sicher. Sie hätte für die *Enten* gestimmt.

»Wer ist für *Die sinkenden Enten*?«, fragt Cleo frostig. Die Frage ist überflüssig, und das weiß sie genauso gut wie wir.

Lasse hebt die Hand, und auch mein Arm schießt in die Luft.

»Tja, dann ist es entschieden«, sagt Cleo und wendet resigniert den Blick von uns ab. Sie zieht ihr Handy aus der Tasche und tippt eine SMS.

Lasse ist der Einzige, der nicht mitzubekommen scheint, wie gnadenlos sauer Cleo ist. Oder aber es macht ihm nichts aus. Er springt auf und führt einen kleinen Freudentanz auf. Dann zieht er mich vom Stuhl hoch, nimmt meine Hände und will mit mir durch den Raum tanzen. Aber danach ist mir nicht.

»Ich mache mich mal auf den Heimweg«, sage ich und nehme meinen Rucksack, den ich an die Stuhllehne gehängt habe. »Ich will nicht zu spät sein, sonst flippen meine Eltern aus.«

»Dann mal tschüss«, sagt Cleo süßsäuerlich. »Und viele Grüße an deine Schwester.«

Ich werfe ihr einen unglücklichen Blick zu. Als ich an der Türschwelle angekommen bin, drehe ich mich noch einmal um. »Tut mir leid, Cleo«, sage ich und suche nach versöhnlichen Worten. »Ich hätte gern für *Jasper* gestimmt, aber ich finde nun mal, dass die *Enten* um Welten besser sind. Mel und ich sind da total auf einer Wellenlänge. Ich bin mir sicher, dass sie heute auch für die *Enten* gestimmt hätte.«

»Schon klar.« Cleo zuckt resigniert mit den Schultern. »Das war eine demokratische Abstimmung. Aber ich bin trotzdem enttäuscht.«

»Tschau, Annika«, sagt Lasse fröhlich, und seine Augen blitzen vor Freude. Er scheint immun zu sein gegen die bedrückende Stimmung, die im Raum herrscht. »Also, ich freue mich, dass wir die *Enten* bekommen.«

»Ich mich auch«, sage ich. »Das war eine gute Entscheidung.« Und mit diesen Worten lasse ich Cleo und Lasse allein.

Zu Hause werde ich schon erwartet. Kaum öffne ich die Haustür, erscheint Mel wie ein Racheengel am oberen Ende der Treppe. Vom Flur aus kann ich allerdings nur den Saum ihres Nachthemdes sehen und ihre Füße, die in Filzpantoffeln stecken. »Das hast du wirklich ganz toll hinbekommen!«, keift sie von der obersten Stufe zu mir runter. Obwohl sie eigentlich noch krank ist, hat sie diesen schneidenden Ton am Leib, den sie nur anschlägt, wenn sie richtig schlechte Laune hat.

»Was habe ich hinbekommen?«, frage ich zurück und knie mich hin, um schön langsam die Schleifen meiner Schuhe zu lösen. Ich bin über jede Sekunde froh, um die ich diese Unterhaltung hinauszögern kann. Mel kommt auf wackeligen Beinen die Treppe herunter und hält mir ihr Handy vor die Nase. »Hier, die habe ich von Cleo bekommen!« Es ist die SMS von vorhin, und darin steht: Annika hat für die *Enten* gestimmt.

»Kannst du mir das vielleicht mal erklären?«, fragt Mel. »Wie blöd stehe ich jetzt eigentlich da? Ich hatte Cleo gesagt, dass du für *Jasper* stimmst!«

»Du hättest es genauso gemacht«, erwidere ich, während ich mir die Schuhe ausziehe und in die Hausschuhe schlüpfe. »Wenn ich mir da nicht so sicher gewesen wäre, hätte ich niemals für die *Enten* gestimmt. Die waren echt tausendmal besser als *Jasper*. Du hättest mal sehen sollen, wie das Publikum gejubelt hat.«

»Wir hatten aber etwas anderes ausgemacht«, sagt Mel wütend. »Falls du dich erinnern kannst.«

»Aber ich kann doch nicht für die schlechtere Band stimmen«, verteidige ich mich und spüre, wie Verzweiflung in mir aufsteigt. »Du hättest es auch nicht getan!«

»Cleo und ich wollten aber *Jasper* haben«, zischt Mel und beugt sich so dicht zu mir, dass ich ihren schlechten Krankheitsatem riechen kann. Igitt! Ich weiche vor ihr zurück.

»Ja, aber du hast die Bands ja gar nicht gehört!«

Mel verdreht genervt die Augen. »Ich hatte gedacht, du würdest erkennen, welche Band die bessere ist.«

Und das ist der Tropfen, der das Fass zum Überlaufen bringt. Sie tut so, als hätte ich absolut keine Ahnung. »Was bildest du dir eigentlich ein?«, rufe ich und werde dabei immer lauter. »Dass du mehr von Musik verstehst als ich?« Es ist verdammt lange her, dass ich sie angeschrien habe, und ich weiß, dass es ihr nicht gut geht. Doch allmählich werde ich richtig sauer. »Nur weil du zwei Jahre älter bist als ich, weißt du noch längst nicht alles besser!« Wütend stapfe ich die Stufen hoch.

»Und auf dich kann man sich nicht verlassen!«, krächzt Mel mir hinterher. Als ich auf der Hälfte der Treppe bin, geht die Wohnzimmertür auf, und Mom steckt den Kopf heraus. »Was ist denn hier los?«, fragt sie. »Streitet ihr euch?«

»Wie kommst du denn darauf?«, fragt Mel mit hochrotem Kopf.

»Nö, alles gut«, rufe ich zornig runter. »Ich gehe jetzt schlafen, gute Nacht!« Mom schaut von mir zu Mel und dann wieder zu mir. »Sollen wir uns zusammensetzen und mal darüber reden?«, bietet sie hilfsbereit an.

Ich schüttele entschieden den Kopf. Mir ist nicht danach, alles vor Mom auszubreiten. Ich möchte jetzt meine Ruhe haben, und zwar sofort.

PENG! Ich knalle die Zimmertür hinter mir zu und schließe sie sicherheitshalber gleich ab. Nur für den Fall, dass meine Schwester mir weiter auf die Nerven gehen will. Ich atme einmal tief durch und stelle mich vor mein CD-Regal. Wenn es mir schlecht geht, hilft nur Musik. Ausgerechnet die CD, die mir Mel zum Geburtstag geschenkt hat, ist meine momentane Lieblings-CD, und ich muss sie jetzt einfach hören. Ist jetzt auch egal, dass sie von Mel kommt. Ich stecke sie in den Player und versuche zu entspannen. Om.

Nachdem sich mein Puls wieder beruhigt hat, schnappe ich mir das Handy und rufe Sara an, aber es meldet sich nur ihre Mailbox. Ich bitte sie, mich zurückzurufen, dann lasse ich mich auf mein Bett fallen.

Um mich abzulenken, starte ich den Laptop und schaue nach, was es im Netz über *Die sinkenden Enten* zu lesen gibt. Und siehe da, die Band hat ihre eigene Website. Auf der Startseite ist ein Foto der *Enten* zu sehen. Die Bandmitglieder stehen vor ein paar Hafenkränen, und im Hintergrund glitzert das Wasser. Björn blickt sehr cool über die Kamera hinweg in die Ferne, so als würde er in Gedanken auf eine weite Reise gehen. Der einzige Schönheitsfehler ist, dass er seinen Arm um die Bassistin gelegt hat. Nach einer

Schrecksekunde habe ich es verkraftet. Geschenkt. Er hat das bestimmt nur fürs Foto gemacht.

Ich zoome ihn näher heran. Dieser Junge sieht einfach verdammt gut aus. Die blonden zerzausten Haare sind von der Sonne gebleicht, sein blaues Hemd hängt locker über der Hose, und ich weiß gar nicht, was blauer ist: die Hose, seine Augen oder das Meer. Dabei hat er nichts Aufgesetztes, so wie dieser Mats, sondern wirkt total nett, beinahe normal.

Ich klicke mich durch die Seiten und betrachte Fotos von Björn und den anderen bei Proben und Konzerten. Allerdings wäre es schön, wenn es mehr Infos über die Band gäbe. Zu lesen ist nur, dass *Die sinkenden Enten* aus Norddeutschland stammen und dass man sie jederzeit unter ihren Kontaktdaten erreichen kann. Was hier eindeutig fehlt, ist ein Interview. Wie andere Bands es auf ihren Websites haben. Plötzlich durchzuckt mich ein ungeheuerlicher Gedanke.

Vor Aufregung wird mir ganz heiß.

Vielleicht bin ich diejenige, die es schreibt.

Ob es eine gute Idee ist, weiß ich noch nicht. Aber auf jeden Fall ist es ein verdammt guter Vorwand, um meinen Traummann anzurufen. Das einzige Problem dabei ist, ihn anzurufen.

Ich brauche nur daran zu denken, dass er abnimmt, schon bekomme ich Schwitzehändchen. Und im Ernstfall versagt mir garantiert die Stimme.

Also gut, ich schließe eine Wette mit mir ab. Wetten, dass ich es schaffe, ihn anzurufen? Wenn ich gewinne, kaufe ich mir ein Eis. Und natürlich bin ich dann die mutigste Frau dieser Welt.

Ich atme ein, ich atme aus.

Wette angenommen!

Spaßeshalber denke ich mir schon mal ein paar Fragen aus.

Merkwürdigerweise füllt sich die Seite wie von selbst. Meine Finger bearbeiten die Tastatur, und am Ende habe ich zehn knackige Fragen zusammen. Es fängt damit an, dass ich wissen möchte, wie und wann Björn zur Musik gekommen ist, und endet mit der Frage nach den neuesten Plänen der *Enten*, ob sie beispielsweise eine CD aufnehmen wollen oder eine Tour planen. Ich drucke mir alles auf Papier aus. Nachdem ich die Fragen noch einmal gelesen habe, stecke ich den Zettel unter mein Kopfkissen.

Dann gehe ich noch einmal auf die Website zurück, denn ich habe eine Idee. Ich kopiere das Foto der Band und drucke es aus. Doch so kann es nicht bleiben. Kurzerhand schneide ich den Kopf dieser Paula weg und ersetze ihn durch ein Passbild von mir, das zufälligerweise sogar in der Größe passt. Sehr zufrieden betrachte ich mein Werk. Björn hält mich in seinem Arm. Oh mein Gott, ist das schön! Ich lege das Foto zum Zettel unter meinem Kopfkissen. Da bleibt es vorläufig. Wenn Björn unter meinem Kopfkissen liegt, hat er es nicht so weit bis in meine Träume.

Am nächsten Nachmittag liegt der Zettel mit den Fragen ausgebreitet vor mir auf dem Schreibtisch. Ich habe meine Zimmertür abgeschlossen, damit niemand überraschend hereinschneien kann, sämtliche Bleistifte angespitzt und Björns Nummer ins Handy eingespeichert. Gleich rufe ich ihn an! Ich will nur schnell noch mein Herz einfangen, das gerade mal wieder davongaloppiert.

Dann tippe ich seine Nummer. Bestimmt erreiche ich nur seine Mailbox.

Doch Irrtum, er ist sofort dran.

»Oh, äh, hallo«, sage ich. »Hier ist Annika, vom Festival-Team.«

»Hey, Annika, wie geht es dir?« Björn klingt ehrlich erfreut, und zu meiner großen Überraschung scheint er sogar zu wissen, wer ich bin. Ich könnte in den Bleistift beißen vor Glück, beherrsche mich aber tapfer.

»Äh, danke, mir geht's gut«, sage ich. »Ich rufe eigentlich an, weil ich wissen wollte, ob du mir ein paar Fragen für ein Interview beantwortest, damit wir, ähm, ein bisschen Werbung fürs Festival machen können.«

»Ja, cool, schieß los.«

»Äh, jetzt gleich?«

»Klar, warum nicht.«

»Also gut.« Ich bin mehr als froh, dass ich die Fragen nur ablesen muss, sonst würde ich mich bestimmt verhaspeln. Frage eins ist die nach seinem musikalischen Werdegang. In den nächsten Minuten erzählt Björn wortgewandt und lustig, wie er zur Musik gekommen ist. Er hat sich nämlich schon als Kleinkind immer alle Töpfe aus der Küche geholt, um mit dem Kochlöffel darauf zu trommeln.

»Du hättest also auch Schlagzeuger werden können?«, frage ich lachend.

»Das wollte ich ursprünglich, aber ich kann den Takt nur auf meinen Töpfen halten.« Das Eis ist gebrochen. Ich plaudere ganz entspannt mit ihm und bitte ihn gelegentlich, kurz zu warten, bis ich mir alles notiert habe. Nach knapp zwanzig Minuten habe ich zwei Seiten vollgeschrieben, und ich bedanke mich bei ihm für das Interview.

»Und wo veröffentlichst du das jetzt?«, fragt Björn.

Hm, darüber habe ich noch gar nicht richtig nachgedacht. »Ähm, ich könnte es zum Beispiel an die Redaktion unseres Lokalblattes schicken«, überlege ich. Warum eigentlich nicht?

»Cool, das wäre natürlich super!« Ich höre an Björns Stimme, dass er lächelt.

»Wenn es euch gefällt, könnt ihr es auch auf eure Website stellen«, schlage ich vor. »Da würde es ganz gut hinpassen, oder? Ich schicke es dir zu, wenn es fertig ist. Dann kannst du mir sagen, wie du es findest, ja?«

»Gern«, sagt Björn. »Und das mit der Webseite ist eine gute Idee.« Abschließend erzähle ich ihm noch, dass die Band demnächst einen Fragebogen von mir bekommt, damit ich die Bandbetreuung planen kann.

»Das ist perfekt! Wir sind da nämlich ein bisschen anspruchsvoll.«

»Ach ja?«, frage ich.

»Wir hätten gern lauter bunte Smarties, nach Farben sortiert.«

»Ha, ha«, lache ich. »Mal sehen, was sich machen lässt.«

»Du bist super«, sagt Björn, und ich werde prompt rot, aber das kann er zum Glück nicht sehen.

»Also, dann bis bald, du liest dann von mir«, verabschiede ich mich.

»Ja, bis bald«, sagt Björn. »Ich freue mich darauf.«

Nachdem ich aufgelegt habe, drehe ich meine Anlage auf. Ich könnte die ganze Welt umarmen. Am liebsten würde ich ihn gleich noch mal anrufen und mit ihm die ganze Nacht durchquatschen. Aber dafür habe ich jetzt keine Zeit, denn nun muss ich alles abtippen, was ich auf meinen Zettel gekritzelt habe. Damit ich es ihm bald schicken kann. Und bald wieder von ihm höre.

08

DEN HALBEN SONNTAG verbringe ich damit, das Interview zu tippen. Als ich damit fertig bin, schicke ich es an Björn. Nach fünf Sekunden checke ich zum ersten Mal meinen Posteingang. Es könnte ja sein, dass er schon geantwortet hat. Während des Abendessens parke ich das Handy auf meinem Oberschenkel. Paps ist beim Sport, und wir sind mit Mom allein. Dumm nur, dass es nicht lange dauert, bis Mom mein Handy entdeckt. Handys beim Essen sind bei uns gar nicht gern gesehen. Doch gerade als Mom mich auffordern will, das Handy in mein Zimmer zu bringen, ruft ihre beste Freundin an. Wenn Mel und mir das passiert, müssen wir das Telefonat gleich abwürgen, weil wir ja beim Essen sind. Das hat man uns so beigebracht. Und was macht Mom? Gibt uns ein Zeichen, dass wir schon mal anfangen sollen.

Während sie im Flur verschwindet, schauen Mel und ich uns kopfschüttelnd an, dann müssen wir laut loslachen. Mütter sind manchmal so was von inkonsequent! Ich bemerke erleichtert, dass Mel anscheinend nicht mehr wütend ist. Wir können schon wieder zusammen am Tisch sitzen und miteinander lachen.

Mel und ich kramen unsere Handys hervor und checken die Neuigkeiten. Was mich betrifft: nichts. Schade eigentlich.

Nach dem Essen besuche ich Mel in ihrem Zimmer und höre mir ein paar Bands an, die auf dem Festival spielen. Besonders gut gefällt mir Luisa, eine Singer-Songwriterin, die solo auftritt und sich selbst mit der Gitarre begleitet. Aber es sind auch ein paar schnellere Bands dabei, zu deren Musik man gut tanzen kann. Das Voting für die Hauptband erwähnen wir mit keinem Wort. Das ist wohl auch besser so. Die Sache ist gelaufen, und es bringt nichts, weiter darüber zu streiten. Seitdem ich mit Björn gesprochen habe, schwebe ich wie auf Wolken, und ich habe keine Lust auf eine harte Landung nur wegen Mel.

Am nächsten Morgen angele ich verschlafen nach meinem Handy und bin schlagartig wach. Björn hat mir eine Nachricht geschickt, um zwei Uhr siebenunddreißig!

Hi, Annika!
Ganz lieben Dank für das
Interview. Just perfect!
LG Björn

Meine Augen saugen sich an seinen Worten fest, und mein Herz schlägt Saltos, wenn auch noch etwas verschlafen. Seine Reaktion ist mehr, als ich mir habe träumen lassen. Just perfect! Nun gut, wenn Björn so zufrieden mit dem Interview ist, dann kann es ja wohl so schlecht nicht sein. Noch im Pyjama setze ich mich an meinen Laptop, googele die Adresse der Lokalzeitung und schreibe eine Mail an die Chefredakteurin. Ich schreibe ihr, dass wir ein Festival veranstalten, auf dem *Die sinkenden Enten* auftreten werden, und wir uns über eine Veröffentlichung des Interviews freuen würden. Dann füge ich das Interview und ein Foto der *Sinkenden Enten* bei und klicke auf Senden. Geschafft!

So schwer war es gar nicht.

Ich bin so gespannt, was passiert.

Mel und den anderen aus der Festival-Crew werde ich vorläufig nichts erzählen. Es wäre nur peinlich, wenn das Interview doch nicht erscheint. Aber natürlich wäre ich unglaublich stolz auf mich, wenn es abgedruckt würde. Total zufrieden mit mir und der Welt, laufe ich in die Küche, um Teewasser aufzusetzen. Trotz meiner Mailaktion bin ich früh dran. Manchmal ist es ganz praktisch, wenn man noch vor dem Wecker wach wird. Nach dem Frühstück beeile ich mich, den frühen Bus zur Schule zu kriegen. Ich habe Sara nach dem Warm-up nicht mehr gesehen, wir haben nicht einmal miteinander telefoniert, und jetzt habe ich einen Nachrichtenstau. Sie wird große Augen machen, wenn sie all meine Neuigkeiten erfährt.

Kaum dass ich das Klassenzimmer betreten habe, stürmt meine beste Freundin auch schon auf mich zu. Sie umklammert meinen Arm, als ob ich davonlaufen könnte.

»Oh mein Gott, du glaubst nicht, was passiert ist«, sagt sie und zieht mich in eine ruhigere Ecke des Klassenraums.

»Du auch nicht.«

Bevor ich ein Wort sagen kann, sprudelt es aus ihr heraus. »Es hat geklappt«, jubelt sie. »Tim und ich sind zusammen!«

»Echt jetzt? Das ist ja super! Du musst mir alles genau erzählen.« Ich grinse sie an. So aufgeregt habe ich sie schon lange nicht mehr erlebt. »Sag schon, wie ist es passiert?«

Sara berichtet, wie sie Tim auf dem Warm-up getroffen hat und dass sie sich auch gleich am nächsten Tag verabredet haben, und am übernächsten. Als Tim sie dann abends zur Bushaltestelle gebracht hat, haben sie sich geküsst. Seitdem sind sie ein Paar.

»Deswegen habe ich dich also nicht erreicht«, sage ich. Gleichzeitig spüre ich eine leise Enttäuschung in mir. Also, wenn mir das passiert wäre, hätte ich als Allererstes Sara angerufen. »Und das alles erzählst du mir erst jetzt?«

»Du bist ganz schön ungeduldig«, meint Sara. »Dabei bist du die Erste, die es erfährt.« Und dann folgt eine Aufzählung der hundert Dinge, die Tim absolut einzigartig machen. Als sie kurz Luft holt, unterbreche ich sie, um meine Neuigkeiten loszuwerden. Während ich ihr alles von Björn, dem Voting, dem Krach mit Mel und dem Interview erzähle, betritt Frau Vogel, unsere Deutschlehrerin, den Raum. Für sie haben wir jetzt leider gar keine Zeit. Ich versuche, schneller zu reden, und rattere alles im Eiltempo runter, und Saras Augen werden größer und größer. »Ich fasse es nicht«, sagt sie. »Das alles ist an diesem Wochenende pass- ?«

»Wenn ihr euch freundlicherweise auf den Unterricht einstellen könntet«, schneidet Frau Vogel ihr das Wort ab, »dann würde ich gern beginnen.«

Ich schaue mich um. Tatsächlich sind wir die Einzigen, die noch herumstehen und plaudern.

»Weiteres nachher in der Eisdiele?«, frage ich flüsternd.

»Tut mir leid, bin schon verabredet.« Sara lächelt bedauernd. »Mit Tim.«

Frau Vogel wirft uns einen mahnenden Blick zu, und wir setzen uns schnell auf unsere Plätze, um uns mit der Klassenlektüre zu befassen. Es ist ein Stück von Friedrich Schiller, das »Die Räuber« heißt. Wir sollten die erste Szene bis heute gelesen haben, aber ich bin nicht dazu gekommen. Ich kann nur hoffen, dass die Vogel nicht auf die Idee kommt, mich etwas zu fragen. Ich weiß überhaupt nicht, worum es geht. Mein Kopf ist voll von tausend anderen wichtigen Dingen.

Nach der Schule will ich konsequent an der Eisdiele vorbeiradeln. Sara hat keine Zeit, und es wäre vielleicht nicht übel, ein paar Kilo abzunehmen. Andererseits ist schönstes Eiswetter, und wer weiß, ob es nicht morgen schon wieder regnet. Und außerdem: Hey, habe ich nicht gerade ein Eis bei einer Wette mit mir selbst gewonnen? Ich bremse ab, steige vom Rad und stelle mich hinten in der Schlange an für – ich schwöre – eine einzige Kugel Eis. Da tippt mir jemand von hinten auf die Schulter. Hat Sara es sich noch mal anders überlegt? Doch es ist nicht Sara, sondern Lasse vom Festival-Team.

»Hey, wo kommst du denn her?«, frage ich ihn und kann kaum verbergen, wie sehr ich mich freue, ihn zu sehen.

Lasse sieht ganz anders aus als sonst, denn er trägt einen Blaumann und klobige Arbeitsschuhe dazu. Seine Locken hat er sich zu einem kleinen Zopf gebunden. Außerdem hat er Sägespäne im Haar. Auf den ersten Blick könnte man denken, es wären verirrte Schneeflocken.

»Ich bin hier vorbeigeradelt, und als ich dich sah, bin ich vom Rad gestiegen«, erklärt er vergnügt und wedelt dabei wie immer mit seinen Händen herum. »Ich wollte mich ohnehin bei dir melden.«

»Weil du mich zum Eis einladen wolltest?«, frage ich hoffnungsvoll.

»Na gut, meinetwegen auch das«, sagt Lasse und lacht. »Aber eigentlich geht es um was anderes.«

»Um was denn?«, frage ich und verscheuche eine Fliege von meinem Arm.

»Ja, ähm, bist du zufällig gut in Deutsch?«

»Na ja, mittelmäßig«, sage ich bescheiden, was stark untertrieben ist. Deutsch war schon immer mein bestes Fach, ganz egal bei welchem Lehrer. Sogar die Stunde mit der Vogel ist gut ausgegangen. Wir haben die zweite Szene gemeinsam gelesen, und ich habe mich freiwillig gemeldet, um eine Zusammenfassung zu liefern. Als ich fertig war, hat die Vogel zufrieden genickt.

»Ich wollte dich nämlich fragen, ob du einen Text von mir gegenlesen könntest«, sagt Lasse. »Rechtschreibung ist nämlich nicht gerade meine große Stärke.«

»Was ist denn das für ein Text?«, frage ich neugierig. »Hat er was mit dem Festival zu tun?« Ich kann es kaum glauben. Lasse bittet mich um Hilfe, mich! Innerlich fühle ich mich sofort ein bisschen größer, denn das würde er nicht tun, wenn er mich nicht wenigstens ein bisschen nett finden würde.

»Es ist der Einladungstext, den ihr in den Pausen an die Schüler verteilen sollt. Weil wir keine richtige Werbung machen dürfen, habe ich ihn so geschrieben, als würden wir die Leute zu einer Privatparty einladen.«

Mir bleibt fast das Herz stehen, als ich das höre.

»Wir dürfen keine Werbung machen?« Vielleicht habe ich mich ja verhört.

»Hat dir das niemand gesagt?« Lasse lacht auf. »Offiziell veranstalten wir kein Festival«, erklärt er. »Denn dafür bräuchten wir eine Genehmigung vom Ordnungsamt, und wir müssten unendlich viele Sicherheitsbestimmungen einhalten. Das ist viel zu kompliziert und zu teuer, und deshalb tun wir so, als würden wir eine Party geben. Dafür gibt es nämlich keine Vorschriften.«

»Verstehe«, sage ich mit matter Stimme. Mir dämmert, dass ich einen schrecklichen Fehler gemacht habe. Aber Lasse ist noch lange nicht fertig. »Und damit niemand Wind davon bekommt, müssen wir das Festival geheim halten«, sagt er. »Wir wollen nicht, dass jemand auf die Idee kommt, genauer nachzufragen, was für eine Veranstaltung es eigentlich ist.«

»Oje«, murmele ich und lehne mich gegen die Hauswand.

»Was hast du denn?« Lasse schaut mich besorgt an. »Ist dir nicht gut?«

»Mir ist nur ein bisschen schwindelig«, behaupte ich. »Wegen der Hitze.« Und weil ich gerade dafür gesorgt habe, dass alle von unserem Festival erfahren werden. Jedenfalls alle Zeitungsleser.

09

HILFE, habe Mist gebaut, simse ich Sara. Bitte melden, Notfall! Nach meinem Treffen mit Lasse habe ich mich leise wie ein Schatten in mein Zimmer geschlichen. Ich möchte von niemandem gesehen werden, schon gar nicht von Mel. Nun liege ich auf meinem Bett und denke daran, was passiert, wenn das Interview abgedruckt wird. Wir werden das Festival abbrechen müssen.

Denn garantiert schaut jemand vom Ordnungsamt in die Zeitung und schickt die Polizei vorbei. Dann waren alle Vorbereitungen umsonst. Mel wird denken, dass es ein Fehler war, mich in das Team zu holen, und mich für den Rest ihres Lebens keines Blickes mehr würdigen. Mit Lasse werde ich nicht mehr über Musik reden können, und wie Björn das findet, stelle ich mir lieber gar nicht erst vor.

Mein Handy klingelt. Es ist Sara, Gott sei Dank.

»Hallo?«, sage ich mit erstickter Stimme.

»Was hast du verbrochen?«, fragt sie munter. »Soll ich dich bei mir verstecken?«

»Das wäre mit Sicherheit das Beste«, antworte ich schluchzend. Mist, jetzt fange ich auch noch an zu heulen.

»Hey, nicht weinen, das wird schon wieder.« Auf einmal klingt ihre Stimme besorgt.

»Was hat sie denn?«, fragt eine Stimme im Hintergrund. Tim.

Wie? Der hört mit?

»Warte mal, ich gehe mal kurz mit dir raus, ja?«

Das möchte ich aber auch meinen.

»So, da bin ich wieder«, meldet sich Sara zurück. »Nun mal der Reihe nach, was ist denn passiert?«

»Ich habe es total vermasselt!« Da ist es wieder, mein Schluchzen. Ein paar Sekunden lang heule ich in das Telefon, dann reiße ich mich zusammen und berichte ihr von meinem Gespräch mit Lasse. »Es war ein großer Fehler, das Interview an die Zeitung zu schicken. Aber ich konnte doch nicht ahnen, dass es niemand wissen darf! Ich dachte, es wäre gut, ein bisschen Werbung zu machen.« Zwischen meinen Sätzen muss ich Pausen einlegen, weil ich so weinen muss.

»Und das Interview wird todsicher gedruckt?«, fragt Sara nach.

»Weiß nicht.«

»Dann schau mal in deinen Eingangskorb«, sagt Sara. »Die Redakteurin wird dir bestimmt mitteilen, ob sie das Interview bringen.«

Sara ist so klug.

»Bleibst du kurz dran? Dann schaue ich schnell nach.«

»Kein Problem«, versichert Sara mir.

Ich schalte den Laptop an und durchforste meine Mails. Es ist nicht einfach, durch den Tränenschleier hindurch etwas zu erkennen, aber dann bin ich mir sicher. Da ist nichts. Keine Mail aus der Redaktion.

»Ich habe keine Antwort bekommen«, melde ich an Sara.

»Na also«, sagt sie und atmet hörbar aus. »Die Redaktion bekommt garantiert dauernd irgendwelche Texte, vom örtlichen Briefmarkenverein oder den Tontaubenzüchtern.«

»Ha, ha, Tontaubenzüchter.« Ich kann schon wieder über Saras Witze lachen.

»Was ich sagen will, ist«, fährt Sara fort, »nur weil du den Artikel an die Zeitung geschickt hast, bedeutet es noch lange nicht, dass er auch abgedruckt wird.«

»Hm, meinst du wirklich?« Ich ziehe die Nase hoch. Dann habe ich mir unnötig Sorgen gemacht.

»Und übrigens, was mir noch dazu einfällt …« Sara ist in ihrem Element. »Selbst wenn der Artikel in der Zeitung erscheint, ist es in erster Linie ein Interview mit der Band. Und es wird nur am Rande erwähnt, dass die *Enten* beim Festival spielen, richtig?«

»Ja, stimmt«, sage ich.

»Also, dann würde ich mir erst recht keine Sorgen machen«, sagt Sara im Brustton der Überzeugung. »Das überliest doch ohnehin jeder, und außerdem glaube ich nicht, dass sich ältere Leute für eine Band mit einem solchen Namen interessieren.«

Alles, was Sara sagt, klingt vollkommen logisch. Mir fällt ein zentnerschwerer Stein vom Herzen.

»War echt gut, mit dir zu reden, Sara«, sage ich jetzt wieder mit fester Stimme. »Dann will ich euch mal nicht länger vom Knutschen abhalten.«

»Also bitte, wir knutschen doch nicht«, sagt Sara empört. »Wir unterhalten uns nur.«

»Echt jetzt?«

»Quatsch!« Sara kichert ins Handy. »Also, dann bis morgen in der Schule.«

»Tschau.«

Kaum habe ich das Gespräch weggeklickt, betritt Mel mein Zimmer. Ich habe ihr schon tausend Mal gesagt, dass sie anklopfen soll, bevor sie reinkommt, aber Madame hat es natürlich nicht nötig, das zu tun. Sogar Mom hat inzwischen begriffen, dass ich es nicht mag, wenn man ohne Vorwarnung in mein Zimmer platzt. Mir bleibt gerade noch genug Zeit, die restlichen Tränen mit dem Ärmel wegzuwischen. Hoffentlich ist die Wimperntusche nicht verwischt, sonst sehe ich aus wie eine Eule.

Mel setzt sich ungefragt auf den Klamottenberg, der sich auf meinem Stuhl angehäuft hat. »Ich wollte eigentlich nur kurz Bescheid sagen, dass wir uns morgen Nachmittag um fünf bei Cleo treffen. Wir wollen in die Feinplanung gehen.«

»Gut, dann bringe ich Lasse gleich mit.«

»Du triffst dich mit Lasse?« Mel schaut mich irritiert an.

Ja, ich weiß, es kommt selten vor, dass ich mich mit einem Jungen treffe, aber das ist deshalb noch lange kein Grund, mich so anzusehen.

Außerdem ist es nicht mal ein Date.

»Wir sind morgen in der Eisdiele verabredet, weil wir noch was besprechen wollen. Für das Festival«, erkläre ich. »Wir kommen dann anschließend direkt zu Cleo.«

»Ach, so ist das.« Mel klemmt sich eine Haarsträhne hinter das Ohr. Eine silberne Creole kommt zum Vorschein. Der Ohrschmuck ist das i-Tüpfelchen zu ihrem schicken Oberteil mit dem U-Boot-Ausschnitt. Es sieht wirklich toll aus, und ich überlege schon, wann ich mir das Shirt vielleicht mal ausleihen kann. Trotzdem verstehe ich nicht ganz, auf was meine Schwester eigentlich hinauswill.

»Das Festival geht uns doch alle an«, sagt Mel in vorwurfsvollem Ton, den sie mir gegenüber neuerdings öfter anschlägt. »Warum trefft ihr euch auf einmal zu zweit?«

»Lasse will mir nur einen Text zeigen, den er für das Festival geschrieben hat«, entgegne ich. »Das ist doch nicht schlimm.«

»Nein, natürlich nicht.« Mel bückt sich, um einen einzelnen Socken aufzuheben. »Aber ich finde, dass wir auch die Texte gemeinsam besprechen sollten.«

»Machen wir doch auch«, sage ich. »Später. Versprochen.«

Mel hat den zweiten Socken gefunden und legt ihn zum ersten. »Dann mal viel Spaß in der Eisdiele«, murmelt sie und zieht die Mundwinkel nach unten. Sie steht auf und verlässt mein Zimmer. Und ich blicke ihr ratlos hinterher. Was hat sie denn dagegen, dass ich mich für das Festival mit Lasse verabrede? Sie kann doch froh sein, dass ich seine Fehler korrigiere. Dann braucht sie das nicht zu machen.

10

VOR DER EISDIELE schließe ich mein Rad an und checke noch mal meine Mails auf dem Handy. Erleichtert stelle ich fest, dass sich die Lokalzeitung immer noch nicht gemeldet hat. Damit ist die Sache dann wohl gegessen. Ich gehe davon aus, dass sie kein Interesse an dem Interview haben und ich mir nicht länger den Kopf darüber zerbrechen muss. Dann wäre der endlich frei für die schönen Dinge des Lebens. Für dieses Treffen zum Beispiel.

Ich betrete die Eisdiele und entdecke Lasse an einem Tisch am Fenster. Er hat seinen Laptop aufgeklappt und ist völlig in den Bildschirm vertieft. Leise pirsche ich mich von der Seite an und muss fast loskichern, weil er mich überhaupt nicht bemerkt.

»Hallo, Lasse«, sage ich, als ich neben ihm stehe.

Er fährt überrascht herum. »Hi, Annika, da bist du ja.« Er springt auf und berührt meinen Arm.

Ich deute mit dem Kopf auf den Laptop. »Wie ich sehe, bist du schon am Schreiben?«

»Nee, ich habe nur geguckt, ob ich wenigstens die gröbsten Fehler korrigieren kann«, erklärt Lasse, grinst verlegen und setzt sich dann wieder. »Damit du nicht gleich wieder wegläufst.«

»Wird schon nicht so schlimm sein«, sage ich und platziere mich ihm gegenüber am Tisch.

»Oh doch«, sagt Lasse. »Du solltest vielleicht wissen, dass ich Legastheniker bin. Deshalb komme ich mit dem Schreiben nicht wirklich klar.«

»Okay.« Einen Moment lang weiß ich nicht, was ich sagen soll. Wir hatten mal einen schüchternen Jungen in der Klasse, der Legastheniker war. Er meldete sich nie, brauchte Stunden, um einen kurzen Text vorzulesen, und beim Diktat kam er nicht hinterher. So ganz bringe ich das nicht in Einklang mit dem redegewandten Lasse, der immer einen lockeren Spruch auf den Lippen hat. Wenigstens weiß ich jetzt, weshalb er mich um Hilfe gebeten hat. Vor Mel will er seine Schwäche natürlich nicht zugeben. Aber vor der kleinen Schwester findet er es wohl nicht so wild.

»Gibt es eigentlich auch Mathe-Legastheniker?«, frage ich. »Dann bin ich nämlich einer. Ich kapiere dieses Fach einfach nicht.«

Sara würde mir jetzt naseweis erklären, dass es damit zusammenhängen könnte, dass ich nie aufpasse und meine Hausaufgaben nicht mache. Aber Sara ist zum Glück nicht da.

»Wenn du Hilfe brauchst, kannst du dich gern an mich wenden«, bietet Lasse mir freundlich an. »Zahlen sind für mich kein Problem.«

»Danke, aber ich habe schon einen Nachhilfelehrer, oder besser gesagt, eine Nachhilfelehrerin«, kläre ich ihn auf. »Mel verdient sich sogar Geld damit.« Kurz überlege ich, ob es etwas gibt, was meine Schwester eigentlich nicht kann. Nett sein, vielleicht? Beispielsweise zu ihrer jüngeren Schwester?

Lasse schiebt mir die Karte rüber. »Such dir was Schönes aus, ich lade dich ein.«

Ich blinzele Lasse entzückt an. Also, ich mag es, wenn die Jungs ein bisschen oldschoolmäßig sind. Es ist zwar noch so gut wie nie vorgekommen, aber ich hoffe mal, dass sie mir die Tür aufhalten und mir in den Mantel helfen, wenn ich älter bin.

»Das ist aber nett von dir«, sage ich. »Ich weiß auch schon, was ich möchte, für mich ein Spaghetti-Eis, bitte.«

»Und ich nehme jedes Mal Schokoladeneis«, sagt Lasse und streicht sich über den Bauch. »Kann gar nicht genug davon kriegen.«

Er gibt die Bestellung auf, und wir warten auf unser Eis. Eigentlich kenne ich Lasse so gut wie gar nicht. Bis auf das kurze Treffen gestern habe ich ihn immer nur zusammen mit den anderen gesehen. Kein Wunder, dass ich ein bisschen aufgeregt bin.

»Lass mich mal deinen Text lesen«, schlage ich vor, um das Schweigen zu überbrücken, das plötzlich zwischen uns liegt. »Dann schaue ich ihn kurz durch, bevor unser Eis kommt.«

»Wenn du wirklich meinst, dass es so schnell geht«, sagt Lasse und dreht den Laptop zu mir. »Voilà.«

Die Einladung zur Geburtstagsfeier ist wirklich nett geschrieben, aber, oha, es wimmelt darin nur so von Fehlern.

Als das Eis vor mir steht, muss ich noch ein wenig am letzten Absatz feilen, dann ist es geschafft.

»Fertig!«, verkünde ich zufrieden.

»Alle Achtung«, sagt Lasse und wirft einen Blick auf seine Uhr. »Und das, bevor die Eisdiele schließt.«

»Ach, die paar Fehler«, schwindle ich. »Außerdem mag ich deinen Text.« Das ist nicht gelogen.

»Ernsthaft?« Lasse klaut mit seinem Eislöffel etwas von meinem Vanilleeis.

»Ey, lass das«, sage ich. »Du bleibst bei deiner Schokolade.«

»Ich glaube, wir sind ein gutes Team«, meint Lasse und häuft zum Ausgleich etwas Schokoladeneis auf meinen Becher. »Vielleicht sollten wir die Pressearbeit für das Festival übernehmen.«

»Ich denke, es gibt keine Pressearbeit«, entgegne ich. »Und keine Werbung.«

»Na ja, ein paar Texte bräuchten wir schon. Ich habe für unser Festival auch eine Facebook-Seite eingerichtet. Wir müssen halt vorsichtig mit den Infos umgehen und darauf achten, dass sie nicht an die falschen Leute geraten.«

Ich nicke. Gern würde ich mit ihm die Pressearbeit übernehmen, selbst wenn es sich dabei nur um ein paar Postings für die Facebook-Seite handelt. Über seinem Mund hat sich ein kleiner Schokoladenbart gebildet. Ich muss kichern. »Mach mal so.« Ich wische mir mit der Hand über den Mund. Lasse macht es nach, aber ein bisschen Schokolade bleibt kleben, was wirklich, ähm, süß aussieht. Und auf einmal, ich weiß auch nicht, wieso, erzähle ich ihm von meinem Interview mit den *Enten*. Selbstverständlich verschweige ich ihm, dass ich es an die Zeitungsredaktion geschickt habe. Die werden es ja sowieso nicht abdrucken. Stattdessen erkläre ich ihm, dass es ursprünglich für die Website der *Enten* gedacht war.

»Ein Interview ist cool«, sagt Lasse. »Und viel zu schade, um nur auf der Website zu stehen. Wir könnten es an die Schülerzeitungen schicken oder es auf unserer Facebook-Seite verlinken, was meinst du?«

»Klingt total gut.« Warum ist mir das eigentlich nicht eingefallen? Ich kratze meinen Eisbecher leer. Wenn das Interview woanders erscheint, wären alle zufrieden. Björn und seine Band, die Festival-Crew und nicht zuletzt ich. Ein warmer Freudenschauer durchrieselt meinen Eisbauch. Vielleicht war die Aktion mit dem Interview doch nicht so schlecht.

11

LASSE UND ICH unterhalten uns noch, als der Kellner unsere Eisbecher längst abgeräumt hat. Seit einer halben Stunde erzählt er mir von seiner Ausbildung, und ich höre ihm einfach nur zu.

Und das nicht mal ungern.

»Es ist ein besonderes Gefühl, wenn du die Oberfläche ganz glatt geschmirgelt hast«, sagt Lasse gerade. »Du spürst es, wenn du fertig bist, indem du mit der Hand über das Holz streichst.«

»Und was machst du danach?«, frage ich. »Ich meine, nicht mit dem Holzstück, sondern nach deiner Ausbildung?«

»Mein Traum ist es, mit ein paar Freunden eine Werkstatt aufzumachen und eigene Möbel zu bauen.« Lasses Hände formen Vierecke, die vermutlich Tische darstellen sollen oder auch Schränke und Stühle. Mein Blick bleibt an seinen Händen kleben. Sie sind klein und schmal und gar nicht so kräftig und breit, wie ich mir Handwerkerhände immer vorgestellt habe. Ich weiß auch nicht, weshalb ich sie immer ansehen muss. Vielleicht, weil sie voller honigfarbener Härchen sind, die im Licht glänzen wie Gold.

»Bis zur eigenen Möbelkollektion wird es wohl noch etwas dauern«, meint Lasse.

»Apropos dauern«, werfe ich ein. »Wie spät ist es eigentlich?«

Fast gleichzeitig werfen wir einen Blick auf unsere Handys. »Wir haben uns total festgequatscht«, stelle ich erschrocken fest.

»Das war ja wohl hauptsächlich ich«, sagt Lasse verlegen. »Manchmal muss man mich echt stoppen, wenn ich ins Reden komme.« Eilig verstaut er den Laptop und zahlt am Tresen die Rechnung.

»Fahren wir zusammen?«, fragt er, als wir vor unseren Rädern stehen.

»Nein, fahr du schon mal vor«, sage ich und öffne das Fahrradschloss. »Ich will kurz nach Hause und das Interview holen, damit ich es den anderen vorstellen kann.«

»Guter Plan!« Lasse schwingt sich aufs Rad und winkt mir zum Abschied zu. »Dann bis gleich! Ich sage Bescheid, dass du später kommst.«

Ich rase nach Hause, hechte in mein Zimmer und stopfe das Interview in meinen Rucksack. Mel scheint schon unterwegs zu sein, jedenfalls ist sie nirgends mehr zu sehen. In Rekordzeit radele ich zum Einfamilienhaus, in dem Cleo mit ihren Eltern wohnt. Als ich vor der Haustür stehe, vibriert mein Handy, und ich habe eine SMS von Mel bekommen.

Wir sind im Simon-Park,
falls du uns nicht findest, ruf an.
LG Mel

Danke, aber das ist nicht nötig. Ich kenne den Weg. Im Simon-Park hat sich Mel früher mit ihren Freunden getroffen, als ich noch kleiner war. Manchmal hat sie mich mitgenommen. Ich erinnere mich an ihre schlechte Laune, weil sie keine Lust hatte, mich im Schlepptau zu haben. Im Nachhinein kann ich sie sogar verstehen. Ich hätte auch keine Lust dazu gehabt, dauernd auf die kleinere Schwester aufzupassen. Aber sie konnte mich ja wohl schlecht allein lassen, wenn unsere Eltern mal wieder länger arbeiten mussten. Vielleicht wollte sie mich deshalb zuerst nicht bei der Festival-Crew dabeihaben. Weil sie sich immer noch verantwortlich für mich fühlt und mal was ohne ihre kleine Schwester machen möchte. Gedankenversunken schwinge ich mich wieder aufs Rad und fahre den anderen hinterher. Darüber muss ich noch mal in Ruhe nachdenken.

Schon von Weitem erblicke ich die kleine Menschengruppe auf der Wiese. Die gesamte Festival-Crew hat sich auf einer karierten Wolldecke versammelt. Der Geruch von Grillanzünder liegt in der Luft, und tatsächlich ist Jacob eifrig dabei, den Einweggrill anzuwerfen.

»Hallo zusammen!« Ich bremse knapp vor dem Deckenrand ab. »Hier steckt ihr also.«

»Hey, Annika«, sagt Cleo und winkt mir in ihrer bunten Tunika zu. Sie steht auf und nimmt mich kurz in den Arm. Ich bin erleichtert, dass sie mir wegen des Votings nicht mehr böse ist. Sanft drücke ich ihren Arm. Cleo ist total in Ordnung, und ich freue mich, dass nichts mehr zwischen uns steht. Mel, Jacob und Lasse winken mir freundlich zu.

»Coole Idee, das Treffen nach draußen zu verlegen«, sage ich und stelle mein Fahrrad ab.

»Wir hätten theoretisch auch in unseren Garten gehen können«, sagt Cleo. »Aber meine Eltern würden ausflippen, wenn wir dort grillen.«

Ich nicke verständnisvoll. »Ein Brandloch auf dem gepflegten Rasen kommt sicher nicht gut.«

»Darum geht es noch nicht einmal«, sagt Cleo und verdreht die Augen. »Es ist der Geruch, denn der könnte ja durch die Fenster ziehen.«

Die ganze Festival-Crew schüttelt einstimmig die Köpfe. Der Duft von Grillkohle gehört für mich zum Sommer wie das Badelaken zum See. Der einzige Nachteil liegt darin, dass er mich grundsätzlich hungrig macht, selbst jetzt, mit einem Kilo Eis im Bauch. Und als ich sehe, wie Jacob die leckeren Grillwürstchen auf dem Rost verteilt, läuft mir schon wieder das Wasser im Mund zusammen.

Im Moment ist alles perfekt. Es ist immer noch warm, die Luft ist weich, und in den Bäumen zwitschern die Vögel. Von mir aus könnte es immer so bleiben. Ich pflanze mich neben die anderen, und wir plaudern entspannt, bis Jacob die ersten Würstchen verteilt. Irgendwann wischt sich Lasse die Hände an seiner Jeans ab.

»Ich wollte euch mal ein paar Texte vorstellen«, sagt er und leitet damit den offiziellen Teil unseres Treffens ein. Er holt den Laptop aus seinem Rucksack und zeigt uns die von mir überarbeitete Einladung sowie die Ankündigung unseres Festivals. »Wir könnten die Ankündigung in die Schülerzeitung bringen und ans Schwarze Brett pinnen«, erläutert

Lasse. »Wer beim Festival dabei sein will, holt sich bei uns eine Einladung ab, natürlich gegen eine Kostenbeteiligung. Die gilt dann auch als Eintrittskarte.«

»Die Ankündigung ist prima.« Mel strahlt Lasse an. »Und die Einladungskarten sehen auch richtig professionell aus.« Sie hat sich für das Treffen ihren superkurzen Jeansrock angezogen, der ihre ohnehin schon langen Beine noch länger wirken lässt.

Lasse nimmt das Lob mit einem Lächeln zur Kenntnis.

»Großartig«, sagt Jacob. »Du hast dir ein Extrawürstchen verdient. Leute, es ist Zeit für den zweiten Gang.« Mit der Zange holt er einen neuen Schwung Würstchen vom Grill. Ich muss schmunzeln. Es scheint nicht besonders häufig vorzukommen, dass Jacob seine dicht behaarten Beine der Sonne aussetzt. Sie sind knallweiß, doch zur Feier des Sommers stecken sie heute in Bermudas.

Beim Essen besprechen wir, dass Cleo und Mel die Einladungen morgen im Copyshop vervielfältigen und die Ankündigung ausdrucken. »Wenn wir damit fertig sind«, sagt Mel kauend, »können wir übermorgen die Einladungskarten auf dem Schulhof verteilen. Ich bin schon supergespannt, wie sie ankommen werden.«

Nachdem das geklärt ist, melde ich mich zu Wort. »Ähm, ich würde gern noch was sagen.« Ich hole den Zettel aus meiner Tasche. »Nach dem Warm-up im JUZ hatte ich die Idee, mit Björn ein Interview zu führen, und das ist dabei herausgekommen.« Ich halte meinen Ausdruck hoch. »Wir könnten es auch in der Schülerzeitung veröffentlichen oder über Facebook verlinken.«

»Zeig mal her«, sagt Jacob, und ich überreiche ihm das Papier. Gespannt beobachte ich seinen Gesichtsausdruck beim Lesen und freue mich darüber, dass er an einigen Stellen lacht.

»Das ist richtig gut geworden, Annika.« Er reicht das Interview an Cleo weiter, und ich weiß nicht, wohin ich schauen soll, am besten, ich studiere mal die Karos auf der Decke.

Lasse lächelt in die Runde, als wäre ihm die Idee gerade erst jetzt gekommen. »Hat jemand was dagegen, wenn ich mit Annika die Pressearbeit übernehme? Wir haben nämlich festgestellt, dass diese Aufgabe zu zweit viel mehr Spaß macht.«

Cleo und Jacob finden das spontan gut, nur meine Schwester meldet Bedenken an. »Aber Annika ist doch erst seit ein paar Wochen im Team«, sagt sie.

»Was hat das denn damit zu tun?«, frage ich.

»Ich finde ja nur, dass es sicher gut wäre, mehr Erfahrung zu haben. Also, ich hätte auch Lust auf Pressearbeit. Was meinst du, Lasse, wir könnten doch zusammenarbeiten.« Sie streicht ihren Minirock glatt und schlägt die Beine übereinander.

»Sicher können wir das«, entgegnet Lasse. »Aber hast du nicht erst neulich gesagt, dass du so superbeschäftigt bist?«

Inzwischen hat Cleo das Interview gelesen. Sie hat die Turnschuhe von den Füßen gestreift und wackelt vergnügt mit den Zehen. Dann reicht sie den Text an Mel weiter. »Lies das doch erst mal«, sagt sie und reckt den Daumen in meine Richtung. »Es ist nämlich wirklich sehr schön.«

Ich werfe Cleo einen dankbaren Blick zu.

Mel nimmt das Papier und überfliegt es. »Da könnte man schon noch einiges verbessern«, sagt sie. »Sorry, Annika, ich will jetzt gar nicht an deinem Text herummeckern …«

»Dann lass es doch einfach«, entgegne ich. Ich fasse es nicht. Weshalb ist Mel mir gegenüber immer so überkritisch?

»Vielleicht sollten wir abstimmen, das ist einfacher«, schlägt Lasse vor. »Also, wer ist dafür, dass Annikas Interview veröffentlicht wird und wir zusammen die Pressearbeit machen?« Er hebt seine Hand. Cleo und Jacob tun dasselbe.

»Na gut«, sagt Mel seufzend. »Ihr habt gewonnen.«

Ich muss grinsen. Vielleicht sollte ich die Crew adoptieren?

»Nichts für ungut, Schwesterherz.« Mel beugt sich zu mir. »Das war nicht persönlich gemeint.«

Ich zucke die Schultern. Was war es denn sonst? Aber ich möchte mir jetzt nicht den Kopf über Mel zerbrechen, denn mir fällt noch etwas Wichtiges ein. »Wir müssten dafür sorgen, dass wir auf dem Schulhof erkannt werden. Sonst können wir noch so viele Ankündigungstexte aufhängen. Die nützen nämlich nichts, wenn keiner weiß, wer die Einladungen verteilt.«

»Glänzende Idee«, sagt Cleo. »Aber wie sollen wir das machen?«

»Was haltet ihr davon, wenn wir uns bedruckte Shirts anziehen?«, frage ich. »Auf denen könnte ›Festival-Crew‹ oder so etwas Ähnliches stehen. Dann wissen alle, wer wir sind.«

»Diese Shirts brauchen wir auch für das Festival selbst«, sagt Jacob. »Wir sind die Veranstalter, und das sollte man sehen.«

»›Festival-Crew‹, das ist doch super«, sagt Mel, womit sie tatsächlich etwas gut findet, was ich vorgeschlagen habe.

Ich grinse meine Schwester an. Dass ich das noch erleben darf!

»Das ist klasse!«, sagt Cleo und reibt sich die nackten Arme. Im nächsten Moment zieht sie ihre Strickjacke aus dem Rucksack. Und auch ich spüre, wie kühler Wind mir über die Haut streicht.

Wir rücken dicht an Lasse ran, damit wir alle einen guten Blick auf seinen Laptop haben. Lasse sucht nach einer passenden Schrift für Festival-Crew, und wir probieren ungefähr hundertfünfzig Möglichkeiten durch. Mittendrin streckt Jacob die Hand aus. »Ich glaube, ich habe einen Tropfen abbekommen.«

Ich hebe den Blick zum Himmel. Direkt über uns haben sich ein paar Regenwolken zusammengeballt. Lasse legt den Laptop zur Seite und springt auf. »Kommt ruhig her und regnet euch ab«, ruft er und reckt die Fäuste in die Luft. »Hauptsache, ihr lasst euch am übernächsten Wochenende nicht blicken.«

Übernächstes Wochenende? Das ist ja schon beinahe übermorgen! Es beginnt zu tröpfeln, und wir beeilen uns beim Zusammenpacken unserer Sachen. Beeilung ist ein gutes Stichwort, denn mir fällt ein, was ich noch alles tun muss. Ich werde jetzt auch mal eine To-do-Liste erstellen, wie meine ordentliche Schwester es immer tut. Fast hätte ich nämlich vergessen, dass ich nicht nur im Presseteam, sondern auch noch Bandbetreuerin bin.

12

ENDLICH! Ich halte die druckfrische Ausgabe der Schülerzeitung in den Händen und kriege das Grinsen nicht mehr aus dem Gesicht. Ella, ein großes Mädchen mit raspelkurzen braunen Haaren, hat mich zu Beginn der Pause vor dem Klassenzimmer abgepasst und mir stolz die neue Ausgabe überreicht. Sie ist die Grafikerin der Redaktionsgruppe und hat alle Texte gesetzt und die Fotos eingefügt. Ich muss sagen, das ist ihr gelungen. Das Interview ist nicht zu übersehen. Es nimmt die beiden Doppelseiten in der Mitte des Heftes ein und ist damit der Mittelpunkt dieser Ausgabe. Nachdem sie gegangen ist, lese ich das Interview gleich noch einmal durch. Irgendwie mag ich es. Wenn das kein guter Grund ist, es weiterzuerzählen. Mit klopfendem Herzen tippe ich eine SMS an Björn.

Hey, Björn,
ihr werdet berühmt! Das Interview ist heute in unserer Schülerzeitung erschienen. LG Annika

Es dauert kaum eine Minute, bis ein Pling die Antwort ankündigt. Aufgeregt öffne ich die Nachricht.

Super gemacht, Annika! Du bist ein Schatz!
LG Björn

Als ich das lese, möchte ich am liebsten in die Luft springen vor Freude, nur leider machen das meine Beine nicht mit. Meine Knie sind so butterweich, dass ich eine Gehhilfe gebrauchen könnte. Steht hier zufälligerweise irgendwo ein Rollator herum? Schülerinnen und Schüler gehen an mir vorbei, und ich stehe ihnen auf wackeligen Beinen im Weg und halte mich an Björns Worten fest. Wieder und wieder lese ich seine Nachricht.

»Hier steckst du also«, erklingt die Stimme von Mel. »Ich suche dich schon überall. Wolltest du nicht beim Verkauf der Einladungen mithelfen?«

Natürlich will ich das. Sobald ich wieder zu mir gekommen bin.

Und außerdem muss ich Mel noch etwas zeigen.

»Warte mal.« Ich stecke das Handy weg und schlage die Schülerzeitung auf. »Schau mal, die habe ich gerade bekommen.« Ich zeige ihr die Doppelseite mit dem Interview.

»Wow, das sieht echt professionell aus«, lobt Mel. »Irgendwie ganz anders als der Textausdruck neulich.« Sie lächelt mich an. »Tut mir leid, wenn ich etwas überkritisch war.«

»Ist schon in Ordnung«, sage ich.

Und dann grinsen wir uns an.

»Oh, das habe ich fast vergessen.« Mel bleibt stehen. Sie

holt etwas aus ihrer Umhängetasche und überreicht es mir. »Unsere Arbeitskleidung«, erklärt sie mit einem verschwörerischen Grinsen.

Es ist das Festival-Shirt! Juchhu! Ich ziehe es mir über, und dann gehen wir zu den anderen. Cleo und Jacob haben sich auf den Schulhof neben die Tischtennisplatte gestellt und sind schon fleißig dabei, die Einladungen zu verteilen, oder besser gesagt, zu verkaufen. Wir achten darauf, dass die Pausenaufsicht nichts mitbekommt, denn es ist bestimmt nicht erlaubt, auf dem Schulgelände Geschäfte zu machen.

»Sehr coole Aktion«, sagt Jacob, als die Pause fast vorbei ist. »Also, meine Karten sind alle weg.«

»Meine auch.« Ich werfe einen Blick auf den nicht mehr vorhandenen Stapel, den ich auf der Tischtennisplatte deponiert hatte. »Sie haben uns die Einladungen förmlich aus den Händen gerissen.«

»Wenn das so weitergeht, müssen wir welche nachdrucken lassen«, sagt Cleo und macht das Victoryzeichen.

Mel wirft einen Blick zum Himmel. »Also, wenn jetzt noch das Wetter mitspielt …« Zum hundertsten Mal ruft sie die Wettervorhersage auf dem Handy auf. »Keine Regenwolke in Sicht«, verkündet meine Schwester gut gelaunt.

Nach der Schule bereite ich mich auf meine Aufgabe als Bandbetreuerin vor. Ich habe die Wunschlisten der Bands ausgewertet und schreibe eine lange Einkaufsliste. Wir brauchen Erdnussbutter, Smarties, Schokolade, Marshmallows, Salzlakritze, Brot, Käse, Salzgurken, Chips, Erdnüsse,

Kamillentee und frisches Obst. Echt lustig, wie unterschiedlich die Wünsche der Musiker sind. Einige scheinen vor ihrem Auftritt regelrecht Heißhunger zu haben, andere können überhaupt nichts zu sich nehmen. Manche wollen nur Tee trinken, andere brauchen Kaffee. Und dann ist da noch Luisa, die Songwriterin, die mir so gut gefallen hat. Sie scheint extrem figurbewusst zu sein, denn sie möchte nur einen Teller mit frischem Obst und einen Tee. Außerdem muss alles vegan sein, was bedeutet, dass sie auch auf Honig verzichtet, denn der stammt ja von Bienen und ist somit ein tierisches Produkt.

Wann immer ich an das Festival denke, überfällt mich ein aufgeregtes Kribbeln von Kopf bis Fuß.

Am nächsten Tag holt Jacob mich im Volvo seiner Mutter ab. Er ist der Einzige von uns, der schon achtzehn ist und einen Führerschein hat. Wir fahren zum Supermarkt, und ich fülle den Einkaufswagen randvoll mit Lebensmitteln. Sie werden natürlich von der Festival-Kasse bezahlt. Der Verkauf der Einladungskarten läuft so gut, dass wir genug Geld für die Bandgagen und für ihre Verpflegung haben. Von meinem Taschengeld hätte ich den Großeinkauf auch niemals bezahlen können. Anschließend fahren wir zum Wohnwagen. Wir verstauen alle Lebensmittel in dem kleinen Raum, mit dem Ergebnis, dass dort kaum noch Platz für die Bands ist. Ich nehme es gelassen. Wenigstens wird niemand verhungern müssen.

Mel bekomme ich kaum zu Gesicht. Sie ist gleich nach der Schule zu Mom ins Büro gefahren, wo sie die Schilder laminiert. Damit wollen wir sicherstellen, dass die Besucher die Toiletten, den Ausgang oder den Getränkestand finden. Cleo ist in letzter Sekunde eingefallen, dass es gut wäre, ein paar Pflaster und etwas Verbandsmaterial vorrätig zu haben, und ist zum nächsten Kaufhaus gerauscht, um einen Erste-Hilfe-Koffer zu organisieren. Überhaupt fällt uns allen dauernd noch etwas Wichtiges ein, und jedes Mal, wenn das Handy klingelt, zucke ich zusammen, weil sich mit jedem Anruf meine To-do-Liste verlängert.

Schließlich habe ich dreiundzwanzig Extraaufgaben erledigt, inklusive einer zweiten Einkaufstour, um sämtliches Klopapier eines Drogeriemarktes aufzukaufen. Wir waren uns plötzlich nicht mehr sicher, ob das Klopapier mit den Dixi-Toiletten mitgeliefert wird oder nicht. Am Ende des Tages sitzen Mel und ich todmüde beim Abendessen. Wir sind kaum in der Lage, unsere Gabeln zum Mund zu führen. Dabei hat Paps extra für uns Lasagne gemacht.

13

ALS DER WECKER am nächsten Morgen klingelt, bin ich schlagartig wach. Ich schlüpfe aus dem Bett und schaue aus dem Fenster. Auf den ersten Blick sieht alles aus wie immer, die Sonne scheint, und ein paar Vögel suchen auf dem Rasen nach Würmern. Und gleichzeitig ist alles ganz anders. Heute findet unser Festival statt, heute werde ich alle Bands kennenlernen, und heute werde ich Björn wiedersehen. Und heute, das ist ja schon jetzt!

Es ist so ziemlich der aufregendste Tag meines Lebens. Und das Beste ist, ich kann bis zum Ende dabei sein. Für mich ist das wie Weihnachten und Geburtstag zusammen. Und deshalb werde ich jetzt für die ganze Familie Brötchen holen.

Ich bin so froh, dass Mom und Paps es mir erlaubt haben, denn sonst hätte ich mir leider andere Eltern suchen müssen. Schnell schlüpfe ich in das Festival-Shirt und eine Jeans und schleiche mich aus dem Haus. Noch ist es angenehm kühl draußen, aber der Himmel ist wolkenlos und von einem tiefen Blau, und ich steige, ein Liedchen summend, auf mein Rad.

In der Bäckerei hat sich eine lange Schlange gebildet. Am Samstag wollen alle Brötchen essen. Ich reihe mich ein und greife nach einer Zeitung, um die Wartezeit zu überbrücken. Ich blättere durch die Seiten. Am Lokalteil bleibe ich hängen. Und als ich es entdecke, fallen mir fast die Augen aus dem Kopf.

Denn da ist es, mein Interview.

Damit hatte ich nicht gerechnet.

Und unter dem Text steht mein Name.

Ich schnappe nach Luft.

»Schau an, die kleine Schwester von Mel!«, begrüßt mich die Verkäuferin und strahlt mich an.

Toller Empfang. He, ich habe auch einen Namen!

»Wie bitte?«, fragt die Verkäuferin und blinzelt fragend in meine Richtung.

Huch, habe ich das etwa laut gesagt?

»Ähm, ich meine bloß, dass ich Annika heiße und Brötchen möchte«, sage ich. Das Wort fällt mir gerade noch ein.

»Einverstanden«, sagt die Verkäuferin. »Aber wie viele und welche?«

»Vier Mohn, vier Sesam, vier Zeitungen«, höre ich mich sagen. Hinter mir vernehme ich Gelächter.

»Ich meine, eine Zeitung«, korrigiere ich mich. Mir wird schummerig. Gleich werde ich ohnmächtig.

Die Verkäuferin deutet auf die Rosinenbrötchen. »Möchtest du auch eins davon? Die mag deine Schwester immer so gern.«

»Ich bin aber nicht meine Schwester«, sage ich. »Und Rosinen kann ich nicht leiden. Ich mag lieber Streuselschnecken.«

»Ich dachte ja bloß.« Die Verkäuferin öffnet den Mund und schließt ihn wieder. »Also noch eine Streuselschnecke?«

»Ja«, murmele ich und werfe mit letzter Kraft das Kleingeld in den Teller, greife Brötchen, Streuselschnecke und Zeitung und stolpere hinaus.

Ich steige auf mein Rad und schlingere nach Hause. Mein Herz schlägt so laut, dass es mir in den Ohren dröhnt.

Zu Hause feuere ich die Brötchentüte auf den Küchentisch. Ich laufe die Stufen hinauf und schließe mich in meinem Zimmer ein. Dann lese ich noch einmal den Artikel. Direkt darunter steht fett gedruckt der Veranstaltungshinweis.

Meine Finger hinterlassen Schweißabdrücke auf dem Papier.

Kurz überlege ich, was ich tun kann.

Ich kann gar nichts tun, aber ich schalte den Laptop ein. Sara hat doch gesagt, dass sie mir Bescheid sagen, wenn sie meinen Artikel veröffentlichen. Erst langsam wird mir klar, dass Sara es auch nicht wissen konnte. Einem plötzlichen Impuls folgend, klicke ich den Spam-Ordner an. Da entdecke ich endlich die Mail der Redakteurin. Sie bedankt sich für den Beitrag und hofft, ihn am Wochenende ins Blatt nehmen zu können. Leider kann sie mir kein Honorar zahlen, will aber meinen Namen abdrucken … bla, bla, bla.

Als ich wieder nach unten in die Küche komme, ist Mom schon dabei, den Tisch zu decken.

»Danke für die Brötchen, du bist ein Schatz«, sagt sie und drückt mir ein Küsschen auf die Wange. »Ich habe uns Eier gekocht.«

»Wo ist denn Paps?«, frage ich.

»Der holt sich nur schnell eine Zeitung.«

Ich stöhne auf. So ist es also, wenn sich die ganze Welt gegen einen verschworen hat.

Mel betritt ziemlich verschlafen die Küche. »Hey, Sis«, sagt sie und drückt meinen Arm. »Heute ist unser großer Tag, weißt du das?«

»Hm«, sage ich. Der große Tag meines Untergangs.

Als Nächstes vernehme ich, wie sich der Haustürschlüssel im Schloss dreht. Paps. Meine letzte Hoffnung ist, dass die Zeitung schon ausverkauft ist.

Nachzügler Paps kommt rein, setzt sich zu uns und legt die Zeitung auf den Tisch. Und natürlich beginnt er auch gleich zu lesen.

»Ich finde es nicht gut, dass am Tisch gelesen wird«, sage ich. »Mel und ich dürfen ja auch nicht auf unsere Handys gucken.«

Paps schaut mich verständnislos an. »Ich lese jeden Samstag meine Zeitung, und nie hat sich jemand darüber beschwert. Warum stört es dich denn plötzlich?«

Ich winke ab. War nur ein Versuch.

Ich schneide mir ein Brötchen auf und kaue daran herum. Nur kriege ich es leider nicht runter.

»Na, Annika? Hast du keinen Appetit?« Mom zwinkert mir zu. »Es schmeckt übrigens besser mit Butter und Marmelade.«

»Ach so«, murmele ich. Hatte ich glatt vergessen.

»Du solltest aber schon ordentlich frühstücken«, fährt Mom fort. »Wer weiß, wann ihr die nächste richtige Mahlzeit bekommt.«

»Ich hab irgendwie gar keinen Hunger heute«, sage ich.

Während Paps die Seiten umblättert und dabei etwas Eigelb auf seinen Pullover kleckert, zähle ich runter.

It's the final Countdown.

Three, two, one.

Er schlägt die Seite vier auf, das ist der Lokalteil mit dem Interview.

Zero.

»Guckt mal, hier steht etwas über das Festival«, ruft Paps, und Mel verschüttet die Hälfte des Kaffees.

Ich starre ihn an.

Wieso weiß er sofort, dass es ein Artikel über das Festival ist? Sara hat doch gesagt, das wird überlesen.

»Wo?«, fragt Mel.

Paps zeigt mit dem Finger auf das Interview.

»Lass mal sehen.« Mel zieht die Zeitung zu sich rüber.

Ich vergrabe den Kopf in meinen Händen.

Als ich meine Hände wegnehme, tanzen Buchstaben vor meinen Augen. Mel hält mir den Artikel direkt vor die Nase.

»Du kannst mir das sicher erklären, oder?«

»Ein Artikel über das Festival?« Mom tupft sich den Mund mit der Serviette ab. »Ist ja toll! Und was hat Annika damit zu tun?«

»Sie hat ihn geschrieben«, sagt Mel mit eiskalter Stimme.

»Du?«, fragt Paps. »Du ganz allein? Mensch, das ist doch großar–«

»Ist es nicht«, zischt Mel und wirft die zerknüllte Serviette auf den Tisch.

»Ich dachte nicht, dass sie es abdrucken«, sage ich kleinlaut.

Mel sagt nichts. Stattdessen stürmt sie aus der Küche.

Ich schließe die Augen.

Das ist der Super-GAU.

14

AUF DEM WEG zur Festival-Wiese will ich Mel alles erklären. Aber sie radelt mir einfach davon. Immer wenn die Ampel auf Rot springt, starte ich einen neuen Versuch. Doch Mel blickt stur geradeaus und hört gar nicht zu. Schließlich gebe ich es auf. Ich lasse mich zurückfallen und folge ihr mit einem mulmigen Gefühl.

Das Beste wäre es, umzukehren.

Aber das geht nicht.

Ich muss zum Festival.

Als wir die Wiese erreichen, werden gerade die Dixi-Klos angeliefert, und Cleo läuft in Shorts, derben Schuhen und mit fuchtelnden Armen neben dem Lieferwagen her, um sie zum richtigen Platz zu dirigieren. Jacob, Lasse und diverse Helfer bauen die Bühne zusammen. Und mein Wohnwagen steht auch schon bereit. Ihn zu sehen, trifft mich mitten ins Herz. Ich hatte mich so darauf gefreut, mich in die Arbeit zu stürzen und alle Bands dort zu treffen. Und Björn. Wir haben alles hundertmal durchgesprochen, den Ablauf akribisch geplant. Jeder von uns weiß genau, was er tun muss, damit das Festival gelingt. Und nun stehe ich verloren auf der Wiese, wie der erste Mensch auf dem Mond, und schaue den anderen bei den Vorbereitungen zu. Mel ist vom Fahrrad gestiegen und geht auf die anderen zu.

»Alle mal herhören!«, ruft sie. »Wir treffen uns in zehn Minuten im Wohnwagen zur Krisensitzung.«

Die Krise, das bin wohl ich.

»Hä? Hast du sie nicht mehr alle?« Jacob lässt den Bohrer sinken. »Was laberst du da?«

»Wirst du gleich hören«, antwortet Mel knapp.

Erneut spüre ich den Impuls, auf Nimmerwiedersehen zu verschwinden. Aber dann laufe ich zum Wohnwagen, um alles vorzubereiten für die Festival-Crew. Noch ist das nämlich meine Aufgabe, wenn auch nicht mehr lange. Ich schiebe die Einkäufe zur Seite und setze Teewasser auf. Wenigstens ein Mal will ich das tun, worauf ich mich die ganze Zeit gefreut habe. Danach werden sie mich ohnehin nach Hause schicken. Als der Tee zieht, lasse ich mich auf die Polsterbank fallen, weil ich nichts mehr erkennen kann. Ein Sturzbach von Tränen läuft mir die Wangen herunter.

Ich wäre eine gute Bandbetreuerin gewesen.

Die Wohnwagentür öffnet sich, und Cleo schaut herein. »Was ist denn mit dir los?« Sie setzt sich neben mich und streicht mir über den Arm. »Hast du Lampenfieber? Keine Sorge, es wird schon alles klappen!«

Schluchzend schüttele ich den Kopf. Noch bevor ich dazu komme, Cleo etwas zu erklären, betreten die anderen den Wohnwagen. Cleo reicht mir ein Taschentuch, und ich trockne schnell meine Tränen. Ich kann nur hoffen, dass mich niemand so genau angesehen hat.

»Was gibt's denn so Dringendes?«, fragt Lasse und schaut Mel fragend an.

Mel lässt sich nicht lange bitten. »Annika hat das Interview leider nicht nur an die Schülerzeitung geschickt, sondern auch an unser Lokalblatt. Tja, und darin ist es heute erschienen. Was sollen wir also tun?«

Lasse, Jacob und Cleo sehen mich an.

»Es tut mir so leid«, sage ich mit bebender Stimme. »Als ich es an die Redaktion geschickt habe, wusste ich nicht, dass wir das Festival als Privatveranstaltung tarnen müssen. Ich dachte, es wäre eine gute Werbung für uns.« Mühsam kämpfe ich gegen die Tränen an. Und spreche endlich aus, was ich so sehr befürchte. »Dann müssen wir es jetzt absagen, oder?«

»Absagen?« Lasse sieht mich verständnislos an. »Wieso das denn? Wir bauen doch gerade erst auf.«

»Wir haben aber keine Genehmigung«, sagt Mel.

»Was wollt ihr uns eigentlich sagen?«, fragt Jacob, der sich lässig gegen die Schranktür lehnt. »Ich komme hier nicht mehr ganz mit.«

»Das ist doch wohl logisch.« Mel tippt sich gegen die Stirn. »Wenn in der Zeitung steht, dass hier ein Festival stattfindet, wird garantiert jemand merken, dass es nicht offiziell ist, und dann rückt die Polizei an.«

»Ja und?«, erwidert Jacob. »Ehrlich gesagt, hatte ich damit ohnehin schon gerechnet. Wir haben fast vierhundert Einladungen verkauft, und da soll niemand merken, dass hier was los ist?«

Mel starrt ihn an. »Ja, aber das Interview …«

»Das ist doch jetzt auch egal«, sagt Cleo achselzuckend.

»Nein, das ist nicht egal«, entgegnet Lasse. »Das ist ein verflucht guter Grund, um uns darauf vorzubereiten, dass wir Besuch bekommen.«

»Ganz genau, wir brauchen einen Plan«, stimmt Cleo ihm zu.

Ich höre ihnen mit offenem Mund zu.

So habe ich es ja noch gar nicht gesehen.

»Okay, was können wir also tun?«, fragt Cleo, schnappt sich eine Schokoladentafel und bricht sich mit den Worten »Sorry, ich brauche das jetzt einfach« ein großes Stück ab. Sie reicht die Tafel an Lasse weiter.

»Beweisen, dass dies eine Privatfeier ist?«, frage ich schüchtern. Lasse dreht sich zu mir um und deutet mit dem Zeigefinger auf mich. »Genau, und das müssen wir auch unseren Gästen klarmachen«, sagt er. Auf seinem Gesicht erscheint ein feines Lächeln. »Und ich wüsste auch schon, wie.«

Was dann passiert, hätte ich mir nicht träumen lassen. Wir setzen uns einfach zusammen und sammeln Ideen, diskutieren, wägen ab, und am Ende steht ein ziemlich genialer Schlachtplan. Abschließend bemerkt Jakob grinsend, dass wir das alles nur meinem Interview zu verdanken hätten. Wenn es nicht in der Zeitung erschienen wäre, hätten wir uns niemals so gut vorbereitet. Ich kann es kaum glauben, wie nett die anderen sind. Jetzt fehlt nur noch, dass sie sich bei mir bedanken.

»Eine Sache noch«, sagt Lasse. »Kommt mal mit raus vor den Wohnwagen.«

Wir klettern nacheinander hinaus. »Los, wir stellen uns mal kurz im Kreis auf und fassen uns an die Schultern.« Lasse winkt uns zu sich. »Das machen die beim Fußball auch immer so.« Zögernd lege ich meine Hände auf Cleos und Jacobs Oberarme. Wir bilden einen Kreis. »Was ich nur sagen will«, sagt Bundestrainer Lasse nun, »ist, dass wir ein klasse Team sind. Jeder von uns ist wichtig. Was auch immer passiert, wir schaffen das, und es wird auf jeden Fall ein ganz großartiges Festival.« Dann rücken wir noch enger zusammen und klopfen uns alle gegenseitig auf die Schultern.

»Alles klar bei dir, Annika?«, fragt Cleo, nachdem Lasse seine kleine Motivationsrede beendet hat.

Ich wische mir ein paar Tränen aus den Augen. »Alles gut«, nicke ich. Mel kommt auf mich zu und nimmt mich in den Arm. »Nie hätte ich gedacht, dass dies ein gutes Ende nimmt«, sagt sie. »Aber jetzt bin ich echt froh.«

»Ich auch.« Langsam kann ich wieder lächeln. »Von mir aus kann es jetzt losgehen.«

»Dann lass ich dich jetzt mal deine Bandbetreuung vorbereiten«, sagt Mel, knufft mich noch einmal in die Seite und stiefelt los.

Stimmt ja, die Bandbetreuung. Wo war ich stehen geblieben?

Zuallererst klebe ich den Wohnwagen-Belegungsplan gut sichtbar über die kleine Spüle. Dann sortiere ich alle Essenssachen, und als Letztes muss ich noch die Getränke aus dem Auto holen. Denn dazu sind wir gestern nicht mehr gekommen. Jacob hat den Volvo auf der Straße vor der Festival-Wiese geparkt. Es ist ein kleiner Fußmarsch, aber das macht mir nichts aus. Ich hole mir den Schlüssel von Jacob und schlendere zum Auto. Wir haben mehr eingekauft, als ich in Erinnerung habe. Ich werde also mehrmals gehen müssen. Als Lasse sieht, wie ich ein Sechserpack Apfelschorle über die Wiese schleppe, hilft er mir sofort. Ganz der Kavalier.

»Die müssen alle in den Wohnwagen«, sage ich. »Das ist echt superlieb von dir.«

Als ich gerade umdrehen will, um die nächsten Flaschen zu holen, kommt Mel angelaufen. Ob Lasse mal kurz die Leiter halten könne? Eigentlich finde ich, dass genug Leute herumstehen, die mit anpacken könnten. Aber ich sage lieber nichts.

Lasse stellt die Apfelschorle ab und sieht aus, als wüsste er nicht, was er tun soll. Ich nehme ihm die Entscheidung ab.

»Ist schon gut«, sage ich und schnappe mir das Sechserpack. »Ich schaffe das hier schon.«

Über Mels Gesicht huscht ein triumphierendes Lächeln. Dann zieht sie mit Lasse von dannen. Ratlos blicke ich ihnen hinterher.

Ich muss das nicht verstehen, oder?

Nachdem ich zwölf Mal zwischen Auto und Wohnwagen hin- und hergelaufen bin, ist der Kofferraum leer und der Getränkevorrat für die Bands komplett aufgefüllt. Ich lasse mich auf die Polsterbank plumpsen und schaue mich zufrieden um. Von mir aus kann es losgehen.

15

»HI, ICH BIN LUISA!« Ein Mädchen mit tiefer Stimme und einer hennaroten Lockenmähne ist die Erste, die an die Wohnwagentür klopft. Sie grinst mich an. »Man hat mir gesagt, ich könne mich hier vor meinem Auftritt verstecken.«

»Klar! Willkommen im Wohnwagenschlupfwinkel. Mein Name ist Annika.« Ich werfe einen kurzen Kontrollblick auf die Uhr. »Mach dich allerdings darauf gefasst, dass ich dich in einer halben Stunde zum Soundcheck auf die Bühne schicke.«

Luisa stöhnt auf. Schwer zu sagen, wer von uns beiden das größere Lampenfieber hat. Sie, weil es ihr erster Auftritt ist, oder ich, weil ich meine Premiere als Bandbetreuerin habe. Ich rechne nach. Der Soundcheck dauert bis maximal vier Uhr. Danach kommt Luisa noch einmal zurück, um sich für den Auftritt und damit für die Eröffnung unseres Festivals um 17 Uhr vorzubereiten.

Für einen kurzen Augenblick beneide ich alle, die Luisa gleich hören werden. Das ist der einzige Nachteil an meinem Job: Ich kann nicht bei den Auftritten der Bands dabei sein. Dafür kann ich alle Musiker persönlich kennenlernen. Das ist auch nicht schlecht. Und dank Luisa hat mein Job schon mal gut angefangen. Noch einmal gehe ich im Kopf den Ablaufplan durch. Gleich nach Luisa kommen *Die Ackerbohnen* zu mir in den Wohnwagen. Die Band besteht aus drei Jungen. Da bin ich mal gespannt, was das für Typen sind, bei diesem Namen.

»Möchtest du etwas trinken?«, frage ich Luisa, die auf der Sitzbank Platz genommen hat und hektisch damit beginnt, ihre Tasche zu durchsuchen. Keine Antwort.

»Einen Kamillentee vielleicht?«, biete ich an. »Ohne Honig?« Frisches Obst habe ich auch schon für sie bereitgestellt.

»Puh, da ist ja meine Setlist«, sagt Luisa, die den Inhalt ihrer Tasche ausgekippt hat. Sie fischt einen Zettel aus dem Haufen und seufzt erleichtert auf. »Ich dachte schon, ich hätte sie vergessen.« Sie schaut mich mit großen Augen an. »Was hast du mich gerade gefragt?«

»Ob du einen Kamillentee möchtest.«

»Ach so, ja, gern.« Liebevoll streicht Luisa den Zettel glatt. »Ohne die Setlist wäre ich völlig aufgeschmissen. Wahrscheinlich würde ich vor Aufregung einige Songs zweimal spielen.«

»Du schaffst das schon«, sage ich und stelle ihr das Obst hin. »Hier, eine kleine Stärkung, total vegan.«

»Ähm, oder hättest du auch Schokolade?«, fragt Luisa. »Als Nervennahrung, meine ich.«

Ich muss schmunzeln. Wie gut, dass ich ein paar Tafeln zusätzlich eingekauft habe. Es war ja abzusehen, dass an diesem Tag sehr viel mehr Schokolade benötigt wird. Ich bin einfach mal davon ausgegangen, was ich brauchen würde, wenn ich aufgeregt bin.

»Kein Problem, was möchtest du?« Ich zähle die verschiedenen Sorten auf. »Ich hätte Haselnuss-, Vollmilch-, Edelbitter- oder Marzipanschokolade.«

Luisa entscheidet sich für die Vollmilchschokolade, und anschließend möchte sie auch noch die Marzipanschokolade. Das Obst hingegen bleibt unberührt liegen. »Möchtest du eigentlich was abhaben?« Großzügig hält sie mir das letzte Stückchen Schokolade hin.

»Nein, danke, ich nehme ein paar Weintrauben«, entgegne ich und werfe erneut einen Blick auf meine Uhr. »Und du müsstest jetzt übrigens los.«

»Hilfe!« Luisa drückt mit einem Arm die Gitarre wie einen Schutzschild an sich und wischt sich mit der freien Hand die Schokoreste vom Mund. Dann erhebt sie sich von der Bank. Sie verabschiedet sich von mir, als müsste sie zu einer Zahn-OP. Nachdenklich schaue ich ihr hinterher. An der Schokolade kann es nicht liegen. Man liest ja öfter, dass das Zeug glücklich macht und tiefenentspannt. Vielleicht hätte ich ihr sogar mehr davon anbieten sollen. Ich nutze die Zeit, um ein bisschen aufzuräumen. Die Wohnwagentür lasse ich geöffnet, damit ich hören kann, wie der Soundcheck verläuft.

Luisa stimmt zaghaft ein Probestück an, doch nach ein paar Takten wird ihre Stimme sicherer und bekommt Kraft. Ich wippe zufrieden mit den Füßen im Takt. Du wirst dein Konzert schon rocken, Luisa.

Nach einer halben Stunde ist Luisa zurück. »Es ist alles

super gelaufen«, sagt sie freudestrahlend. »Und ich bin jetzt auch fast nicht mehr nervös.« Mehr um die Zeit zu überbrücken, futtert sie noch eine dritte Tafel Schokolade. Als sie damit fertig ist, lächelt sie mich schwach an. »Nun ist mir allerdings ein bisschen schlecht.« Aber jetzt gibt es kein Zurück mehr. Vor dem Auftritt tuscht sie sich die Wimpern und malt sich die Lippen an. Dann ist sie so weit.

»Du siehst super aus«, sage ich. »Viel Glück und toi, toi, toi!«

Luisa umarmt mich zum Abschied. »Danke für alles!«

Sie steigt aus dem Wohnwagen und schlendert hoch erhobenen Hauptes mit der Gitarre in der Hand über die Wiese. Als ob sie es gar nicht erwarten kann, auf die Bühne zu kommen. Ich denke an vorhin zurück. Ob die großen Stars auch immer noch unter Lampenfieber leiden?

Als Nächstes sind *Die Ackerbohnen* bei mir zu Gast. Mit ihren Köpfen stoßen die drei Jungs fast an die Decke.

»Allmählich begreife ich, weshalb ihr so heißt«, sage ich. »Im Bio-Unterricht habe ich gelernt, dass Ackerbohnen bis zu zwei Meter hoch werden.«

»Ist das wahr?« Der Sänger, der sich als Axel vorstellt, schaut mich erstaunt an. »Wir haben uns so genannt, weil Bohnen ein Grundnahrungsmittel sind und wir eigentlich immer Hunger haben.«

»Ach, so ist das«, sage ich. Stimmt. Ich hatte mich schon über ihre Wunschliste gewundert. Darin stand, dass sie gern belegte Brote und zum Nachtisch ein großes Glas Erdnussbutter hätten. Das alles wollen sie tatsächlich vor ihrem

Auftritt vertilgen. Wo lassen sie das nur? Alle drei *Ackerbohnen* sind dünn wie Bohnenstangen.

»Und was für Musik macht ihr?«, frage ich.

»Punk«, sagt Axel und schaut sich im Wohnwagen um. »Ähm, hattest du zufälligerweise die Brote und die Erdnussbutter besorgt?«

»Aber natürlich.« Ich überreiche Axel den Teller mit den Schnittchen, das Glas und die Löffel.

Die Ackerbohnen machen es sich auf der Polsterbank gemütlich, und nachdem sie die Brote verzehrt haben, löffeln sie tatsächlich die ganze Erdnussbutter auf. Anschließend fragen sie mich, ob ich ihnen eine Pizza bestellen könnte. Axel reicht mir sein Handy. »Der Pizzaservice ist schon einprogrammiert«, sagt er. »Ich weiß nur nicht, welche Adresse ich angeben soll.«

Ich nenne ihm die Straße, in der der Bauernhof liegt. Von dort braucht der Pizzaservice nur noch über das Festival-Gelände zu gehen und nach dem Wohnwagen Ausschau zu halten. Während sie auf den Pizzaboten warten, scheucht Axel seine Bandkollegen von den Sitzpolstern hoch. »Mensch, Jungs, wir haben hier alles vollgekrümelt. Lass mal einen Staubsauger organisieren.«

»Den gibt es hier leider nicht«, sage ich. »Aber ist nicht so schlimm.« Doch da beginnen die drei schon, jeden einzelnen Krümel mit den Händen aufzulesen und in den Mülleimer zu entsorgen. »So, das wäre dann wieder in Ordnung«, sagt Axel zufrieden. Und als die Pizza da ist, beugen sich alle brav über den Pizzakarton, damit bloß nichts danebengeht.

Wer hätte das gedacht? Drei Punks mit formvollendeten Manieren. Es würde mich nicht einmal wundern, wenn sie sich mit einem Handkuss von mir verabschieden. Aber dann entscheiden sich alle drei doch lieber dafür, mich kurz zu drücken. »Viel Spaß!«, rufe ich ihnen hinterher.

Die nächste Band kenne ich. *Jasper* möchte gern allein sein im Wohnwagen, um noch ein paar Stücke zu proben, und das akzeptiere ich natürlich. Also werfe ich mir eine Strickjacke über, gehe zur Bühne und sehe mir das Konzert der *Ackerbohnen* an. Ich muss grinsen, weil sie gerade so tun, als würden sie jeden Moment die Bühne auseinandernehmen. Ihre Fans würden staunen, wenn ich ihnen erzählen würde, was für Musterknaben die Bohnen sind. Da tippt mir jemand auf die Schulter.

»Hey, wie geht's?« Ich drehe mich um. Meint der mich? »Oh!« Mein Herz plumpst mir in die Magengrube vor Freudenschreck. Denn ich schaue direkt in die meerblauen Augen von Björn.

»Hey, was machst du denn schon hier?«, frage ich. »Euer Auftritt ist doch erst später.«

»Wir sind lieber ein bisschen früher losgefahren«, sagt Björn. Er streicht sich eine blonde Strähne aus dem Gesicht. »Wäre ja peinlich, schon wieder zu spät zu sein. Außerdem ist es super, auch die anderen Bands zu sehen.«

»Äh, ja, natürlich.« Ich zupfe verlegen an meiner Jacke herum und suche nach Worten.

»Hast du eigentlich die Schülerzeitung mit unserem Interview mitgebracht?«, fragt Björn und grinst mich supersüß an. »Das würde ich gern mal sehen.«

»Die habe ich schon im Wohnwagen für dich bereitgelegt«, sage ich. »Übrigens hat heute auch die Lokalzeitung das Interview abgedruckt.«

»Echt jetzt?« Björn strahlt mich an. »Das ist wirklich phantastisch.« Er macht einen Schritt auf mich zu und legt die Arme um mich. Es ist nur eine angedeutete Umarmung, aber es fühlt sich verdammt gut an. Nur leider ist dieser Moment viel zu kurz. Schon steht Paula wieder neben uns.

Schade eigentlich.

»Annika hat unser Interview geschrieben und es in die Lokalzeitung gebracht«, sagt Björn zu Paula, die mich eingehend mustert.

»Kennt ihr euch eigentlich?«, fragt Björn.

»Nur vom Sehen«, murmele ich.

»Das ist Paula, unsere Bassistin, und das ist Annika, die Bandbetreuerin.« Björn zwinkert mir zu. »Ich könnte mir keine bessere vorstellen.«

Leider werde ich nun auch noch rot. Mit einem schiefen Lächeln nicke ich der Bassistin zu. »Hi, Paula.«

»Hallo, Annika«, sagt sie. »Das Interview ist ja super geworden. Björn hat es uns schon gezeigt.«

»Danke, freut mich, dass es dir gefällt!«

Paula berührt Björns Arm. »Ich schau mich mal ein bisschen um, bis später.«

Ich beobachte, wie Björn Paula hinterhersieht. Dann ist er wieder bei mir. Er stellt sich ganz dicht neben mich, und ich halte den Atem an.

»Du hast noch was gut bei mir«, sagt Björn leise zu mir. »Ich lass mir was Schönes einfallen, okay?«

»Äh, ja, gern«, stottere ich, und in meinem Kopf läuft ein Film ab. Er zeigt mich mit Björn in einem Restaurant bei Kerzenschein. Ich sitze ihm gegenüber, und er greift nach meiner Hand. Ich blinzele in das Sonnenlicht. He, aufwachen, Annika! Björn schaut mich so superintensiv an, dass ich gleich wieder ins Träumen gerate. Von ihm und von uns und von …

»Hey, Annika, hast du kurz Zeit?« Diese Stimme gehört nicht zu Björn. Widerwillig wende ich meinen Blick ab. Wer will ausgerechnet jetzt was von mir?

»Was ist denn?«, frage ich Lasse.

»Jacob bräuchte dringend Unterstützung beim Einlass.« Lasse macht mit der Hand das Victoryzeichen. »Es kommen viel mehr Leute, als wir dachten. Jemand muss ihm helfen, die Einladungskarten zu kontrollieren. Wenn du deine Bandbetreuung kurz unterbrechen könntest …«

»Alles klar.«

Björn lächelt mich an. »Wir sehen uns später, ich freue mich darauf.«

»Ich mich auch.«

»Kommst du?«, fragt Lasse ungeduldig. »Jacob wartet.«

»Jaha«, sage ich, und dann laufe ich über die Wiese zum Einlass. Nachher sehe ich ihn wieder, und er freut sich darauf!

16

»IMMER SCHÖN der Reihe nach«, ruft Jacob und stellt sich den Gästen, die auf die Festival-Wiese drängen, tapfer in den Weg. Es ist nicht leicht, gleichzeitig alle Einladungskarten zu sichten und ihren Besitzern einen Stempel auf den Handrücken zu drücken. Jedenfalls, wenn man nur zwei Hände hat. Ich stelle mich neben Jacob. Zusammen haben wir schon vier.

»Ihr könnt eure Tickets auch mir zeigen«, rufe ich.

»Super, Annika, dass du da bist. Du bist meine Rettung.« Jacob wischt sich mit der Hand über die Stirn. »Voll krass, die vielen Leute hier.«

»Haben wir irgendwo noch einen zweiten Stempel?«, frage ich. Jacob schüttelt den Kopf. »Leider nein. Mit diesem Besucheransturm hat echt keiner gerechnet.« In der Tat. Die Schlange ist fast zwanzig Meter lang. Und die wollen alle zu uns?

Da ist es wieder, das aufgeregte Kribbeln.

Keep cool and carry on. Ich weiß auch nicht, weshalb mir ausgerechnet jetzt der Spruch auf unserem Geschirrhandtuch einfällt, aber ich finde, er passt.

»Okay, dann teilen wir uns auf«, sage ich. »Du kontrollierst die Einladungen, und ich übernehme das Abstempeln.«

»In Ordnung.« Jacob übergibt mir Stempel und Stempelkissen, und ich stelle mich hinter ihn. Von nun an geht alles deutlich schneller, und nach einer guten Viertelstunde ist die Warteschlange nur noch halb so lang, und nach zehn weiteren Minuten sind fast alle Besucher auf die Festival-Wiese entlassen. Doch gerade als ich mich von Jacob verabschieden will, kündigen sich neue Gäste an.

Ich zupfe Jacob am Festival-Shirt. »Guck mal, wer da kommt.«

»Oha.« Jacob pfeift durch die Zähne. »Jetzt wird's spannend.« Er holt sein Handy aus der Hosentasche, denn das ist der erste Schritt unseres Notfallplans. Genau so haben wir es vorhin besprochen. Aus einem Polizeiauto steigen zwei Polizisten, die sogleich auf uns zusteuern.

»Hallo, ihr beiden«, sagt der eine, der etwa so alt ist wie mein Vater. »Könnt ihr uns erklären, was das hier für eine Versammlung ist?«

»Natürlich können wir das«, entgegnet Jacob. »Wir feiern eine große Geburtstagsparty.«

»Mit so vielen Gästen?«, fragt der andere Polizist. »Das muss man aber anmelden.«

»Wirklich?«, frage ich und stelle mich bewusst ahnungslos. »Ich dachte immer, bei einer Privatveranstaltung wäre das nicht nötig.«

»Bei einer privaten Feier braucht man das auch nicht«, sagt der ältere Polizist. »Aber ihr glaubt doch wohl selbst nicht, dass ihr so viele Freunde habt.«

»Wir vielleicht nicht«, sagt Jacob. »Aber das Geburtstagskind hat sie alle höchstpersönlich eingeladen. Wir helfen ihr nur ein bisschen beim Organisieren.«

»Na, dann zeigt uns mal dieses Geburtstagskind«, sagt der Jüngere und grinst uns an. »Ich möchte nämlich wetten, dass es das gar nicht gibt.«

»Wir stellen sie Ihnen gern vor«, antworte ich höflich. »Wenn Sie mir bitte folgen möchten.« Ich lächele Jacob zu. Bisher läuft alles nach Plan. Wir setzen uns in Bewegung, doch nach ein paar Metern bleibe ich stehen, um mir die Schnürsenkel meiner Chucks zu binden. Während die Polizisten darauf warten, dass ich fertig werde, schauen sie sich in alle Richtungen um, als erwarteten sie, etwas Verdächtiges zu finden. Als ich fertig bin, gehen wir weiter, und ich erkundige mich bei den Polizisten, ob sich jemand über uns beschwert hat, und wenn ja, täte uns das sehr leid, denn wir hätten uns absichtlich diesen abgelegenen Ort zum Feiern ausgesucht, um niemanden zu stören.

So kann man es nämlich auch sehen. Auch wenn wir in Wirklichkeit hier sind, um selbst nicht gestört zu werden. Zum Beispiel von Ruhe liebenden Nachbarn.

»Nein, junge Dame, es hat sich niemand bei uns beschwert«, klärt mich der ältere Polizist auf. »Wir sind einfach nur zufällig vorbeigekommen.«

Seine Antwort gefällt mir. Sie ist der Beweis dafür, dass niemand aufgrund des Interviews auf die Idee kam, die Polizisten hierherzuschicken.

Und trotzdem mag ich es nicht, wenn man mich junge Dame nennt.

Ich sage ja auch nicht alter Herr zu ihm.

Während wir langsam weitergehen, bemerke ich, dass Jacob sein Handy aus der Tasche zieht und stehen bleibt. Ich bin nur froh, dass wir die Wiese mit buntem Flatterband eingezäunt haben und die Besucher einen kurzen Fußweg zurücklegen müssen, um bis zur Bühne zu gelangen. Sonst hätten wir keine Zeit gehabt, uns auf diesen speziellen Besuch vorzubereiten. Der zweite Schnürsenkel ist an der Reihe. »Das gibt's doch nicht«, murmele ich und gehe in die Hocke. »Jetzt muss ich mir schon wieder eine Schleife binden.« Als ich fertig bin, ist Jacob wieder bei uns, perfektes Timing.

»Haben wir nicht ein riesiges Glück mit dem Wetter?«, fragt er im schönsten Plauderton. »Ich finde, das ist überhaupt das beste Geburtstagsgeschenk.«

»Ein Geburtstagsgeschenk, so, so«, sagt der jüngere Polizist und zwinkert dem anderen vielsagend zu. Doch als sie den Platz vor der Bühne erreichen, bleiben sie verwundert stehen, denn in diesem Moment erklingt ein »Happy Birthday«, das von sämtlichen Gästen gegrölt wird, und das nicht gerade leise. Jacob und ich grinsen uns an. Alle unsere Festivalgäste stehen um Mel herum und singen ihr ein Ständchen. Mel ist so gerührt, dass ihr beinahe die Tränen kommen. Als sie fertig sind, verbeugt sie sich huldvoll wie ein Hollywood-Star bei der Oscar-Verleihung. »Ich freue mich sehr, dass ihr alle da seid, um mit mir meinen Geburtstag zu feiern«, sagt sie. »Ich verspreche euch, wir werden ganz viel Spaß haben und noch dazu die beste Musik!«

Die Gäste jubeln und klatschen begeistert. »Möchten Sie

das Geburtstagskind kennenlernen?«, frage ich die Polizisten. »Vielleicht möchten Sie ihr ja sogar gratulieren und ihr alles Gute wünschen.«

Die Polizisten schauen sich unschlüssig an.

»Na ja, warum eigentlich nicht?«, sagt der Ältere und rückt die Polizeimütze zurecht. »Wo wir schon mal hier sind.«

Und während der Zweite noch überlegt, beginnt sein Funkgerät zu knattern. Er hält es ans Ohr und meldet: »Wir kommen, over.«

»Aus der Gratulation wird nichts, Willy, wir müssen weiter«, sagt er. »Da ist eine Rinderherde von der Weide ausgebrochen und Richtung Landstraße unterwegs.« Er nickt mir freundlich zu. »Dann viel Spaß noch, und denkt dran: Wenn ihr mal keine Privatparty feiert, müsst ihr die Veranstaltung anmelden.«

»Selbstverständlich«, sage ich. »Finden Sie allein zurück?«

»Kein Problem, das schaffen wir schon«, sagt der Jüngere und hebt zum Abschied die Hand. Die Polizisten stiefeln über die Wiese und werden kleiner und kleiner, bis sie wie zwei Playmobil-Männchen in ihr Spielzeugauto steigen. Vor der Festivalbühne bricht Jubel aus.

»Unser Festival kann weitergehen!«, ruft Jacob. Ich stelle mich zu den anderen, und wir klatschen uns ab.

»Das ist echt super gelaufen!«, sagt Lasse.

Da fällt mir noch etwas ein. »Die Polizisten sind übrigens zufällig vorbeigekommen, und keiner der beiden hat den Zeitungsartikel erwähnt«, sage ich in Mels Richtung. »Ich habe sie extra gefragt.«

»Gut für dich, Schwesterherz«, sagt Mel und grinst mich

an. »Und jetzt werden wir unser Festival so richtig genießen, ja?«

»Einverstanden.« Oh ja, und ich bin auch schon mitten dabei. Als ich zum Wohnwagen gehen will, entdecke ich Sara, die allein neben ein paar Leuten steht, und winke ihr zu. Sie entdeckt mich und kommt auf mich zu.

»Na? Wie gefällt dir die Geburtstagsparty?«, frage ich sie.

»Gut«, antwortet sie, aber an ihrem Gesichtsausdruck sehe ich, dass etwas nicht stimmt. Fröhlichkeit sieht bei ihr anders aus. Sara kann mir nichts vormachen, dafür kenne ich sie viel zu gut.

»Aber?«, frage ich. »Los, spuck es schon aus.«

»Na ja, es ist wegen Tim«, sagt Sara. »Er meint, er muss mal wieder mit seinen Jungs unterwegs sein.«

»Ja, und?«

»Ich bin leider kein Junge«, antwortet Sara unglücklich. »Und ich hatte mich so darauf gefreut, mit ihm auf das Festival zu gehen!«

»Oh«, erwidere ich. »Aber vielleicht kommt er ja später noch?«

»Ich glaube nicht.« Sara schüttelt den Kopf. »Es ist nur … letzte Woche haben wir uns jeden Tag gesehen, und nun vermisse ich ihn so!«

»Nicht traurig sein«, sage ich und nehme sie in die Arme. Ich meine es ernst, denn ich möchte, dass meine beste Freundin dieses Festival genießt. Genau wie ich, nach der ganzen Aufregung, die ich heute schon erlebt habe. »Wir sollten uns mal wieder treffen«, sage ich. »Damit du nicht denkst, dass Tim der einzige Mensch in deinem Leben ist.«

»Das sollten wir wirklich machen«, stimmt Sara mir zu. »Außerdem hast du mir bestimmt einiges zu erzählen. Wir haben in letzter Zeit noch nicht mal telefoniert. Das holen wir nach.«

»Du sagst es«, antworte ich. »Sorry, aber ich muss jetzt zum Wohnwagen. Wenn die *Enten* spielen, bin ich hier, und bis dahin genieß das Konzert!« Ich lächele Sara aufmunternd an. »Wird schon alles gut. Außerdem bedeutet es nicht, dass er gleich Schluss machen will, auch wenn du das denkst.«

»Okay, wenn du meinst«, sagt Sara und bringt ein schiefes Grinsen zustande. »Danke.«

Das mag ich daran, mit Sara befreundet zu sein. Wir haben beide mal schlechte Zeiten, aber es geht uns immer besser, wenn wir miteinander geredet haben. Na ja, dazu sind beste Freundinnen natürlich auch da. Ich umarme sie noch einmal und laufe schnell zu meinem Arbeitsplatz, wo mich beinahe der Schlag trifft. Es sind leider nicht alle Bands so ordentlich wie die netten Punks. *Jasper* wollte allein gelassen werden, und genau so haben sich die Jungs auch benommen. Als wären sie allein auf dieser Welt. Als ich die Wohnwagentür öffne, kullern mir leere Flaschen entgegen, und überall liegen leere Chipstüten herum. Ich bin nur froh, dass ich nicht für sie gestimmt habe. Grummelnd räume ich den Wohnwagen auf. Sonst wären sie jetzt die Hauptgruppe.

So sind sie nur das Hauptärgernis.

17

DIESEN AUGENBLICK habe ich die ganze Zeit herbeigesehnt. Und hier ist er nun. Der Augenblick mit Björn. Keine dreißig Zentimeter entfernt von mir sitzt er und wartet auf seinen Tee.

Es könnte so schön sein.

Doch wir werden von seinen Bandmitgliedern belagert. Auf der Polsterbank lehnt Paula an Bastis Schulter. Er spielt mit seinem Smartphone, sie versucht zu schlafen. Was nicht wirklich gelingt, denn ich mache jede Menge Lärm, schmeiße Teetassen um, werfe die Wohnwagentür rumsend zu oder kippe – wie gerade jetzt – heißes Wasser auf meine Hand anstatt in die Tasse.

»Autsch!«, rufe ich. Seitdem Björn so verdammt dicht neben mir sitzt, hat mich meine gesamte Feinmotorik verlassen. Ich bewege mich ungefähr so wie ein Nilpferd in Stöckelschuhen auf der Eislaufbahn.

Fluchend kühle ich meine Hand unter kaltem Wasser, das allerdings nur in einem sehr dünnen Strahl aus dem kleinen Wasserhahn kommt. Ich darf nicht zu viel verbrauchen, sonst ist der Tank leer.

Björn legt den Finger an seine Lippen. »Schhhhhht.« Mit einer Kopfbewegung deutet er auf Paula.

»Sorry, aber ich habe mich verbrannt!«, erkläre ich flüsternd. Hat er das gar nicht mitbekommen?

Doch da nimmt Björn meine Hand ganz vorsichtig in seine und pustet mir auf die schmerzende Stelle. »Heile, heile Segen«, sagt er leise und schaut mich mit seinen eisblauen Augen an, die mein Herz zum Schmelzen bringen.

»Danke«, flüstere ich. »Das tut gut.«

Der Schmerz auf meiner Hand lässt nach, und ich fülle frisches Wasser in den Kocher. Björn brühe ich eine extragroße Tasse mit Salbeitee auf und überreiche sie ihm. Salbei soll gut für die Stimmbänder sein.

Dann steht Basti vor der Wohnwagentür. »Ich gehe mal kurz raus, um Luft zu schnappen«, sagt er. Schade, dass er nicht auf die Idee kommt, Paula mitzunehmen. Die hat nun ihr Smartphone in den Händen und ist in irgendein Spiel vertieft. Das sieht eher nicht nach Aufbruch aus.

»Kannst du mir mal kurz zeigen, wo die Toiletten sind?«, fragt Basti.

»Kein Problem. Warte, ich komme mit raus.«

Zusammen schlendern wir über die Wiese. Mittlerweile ist sie gut mit Menschen gefüllt. *Jasper* ist auf der Bühne und stimmt den nächsten Song an. Jetzt kann Mel sich selbst davon überzeugen, dass die Jungs allenfalls zweite Wahl sind. Abgesehen von einer Gruppe Mädchen, die dicht bei der Bühne stehen und tanzen, haben sich viele Zuschauer in die Nähe der Getränkestände verzogen, wo sie in Gruppen zusammenstehen, sich unterhalten und die Musik als Untermalung laufen lassen. Aus den Augenwinkeln sehe ich, dass sogar Cleo sich vom Publikum abgesetzt hat und mit Luisa plaudert.

Ich begleite Basti bis zu den Klohäuschen und sehe mich nach Sara um. Sie steht in der Nähe der Bühne und ist nicht mehr allein. Tim ist bei ihr und hat den Arm um sie gelegt. Da hat wohl jemand Sehnsucht bekommen. Ich lasse meinen Blick über die Köpfe schweifen und entdecke Paula, die auf dem Weg zur Bühne ist. Offensichtlich ist sie Basti nach draußen gefolgt. Es folgt eine einfach Rechenaufgabe: Wenn Basti und Paula auf der Festival-Wiese sind, müsste Björn nun allein im Wohnwagen sein. Ein Glücksgefühl breitet sich in mir aus. Meine Chance ist gekommen. Ich drehe um und gehe zum Wohnwagen zurück. Endlich werde ich meinen Traummann ganz für mich allein haben. Auf diesen Augenblick habe ich lange gewartet. Sehr vorsichtig öffne ich die Tür. Merkwürdig. Ich höre seine Stimme. Er wird doch wohl keine Selbstgespräche führen? Dann höre ich eine zweite Stimme, und mein Herz bleibt vor Schreck stehen. Sie gehört meiner Schwester. Habe ich mich vielleicht verhört? Nein, es ist ihr ansteckendes Lachen, in das Björn sofort einfällt. Na, die scheinen sich ja bestens zu verstehen.

»Es wäre super, wenn wir uns treffen könnten«, höre ich Björn sagen, und allein schon der Klang seiner Stimme verrät mir, wie er sie anschmachtet. Ich habe das schon tausend Mal erlebt. Alle Jungs himmeln Mel an.

»Klar, sehr gern«, antwortet meine Schwester.

»Wäre cool, wenn du mir deine Handynummer geben könntest«, sagt Björn.

Das reicht.

Genauso leise, wie ich die Tür geöffnet habe, schließe ich sie wieder.

Ich habe genug gehört.

So ist es nun mal. Mel braucht nur zur Tür hereinzulächeln, schon wird sie um ein Date gebeten. Ich dagegen bin und bleibe unsichtbar neben ihr. Da kann ich mir noch so viel Mühe geben und sogar noch Werbung für die *Enten* machen.

Am Ende dreht sich alles um Mel.

Ich setze mich auf die kleine Stufe vor dem Wohnwagen. Meine Schultern beben, und schon fließen Tränen auf meine Jeans.

Wie konnte ich so blöd sein und mich in einen Jungen verlieben, der meine Schwester kennt? Es war so klar, wie das enden würde. Auf meinem Schreibtisch habe ich einen kleinen Magneten. Je näher ihm alle herumliegenden Büroklammern kommen, desto stärker zieht der Magnet sie an. Bis sie am Ende an ihm kleben. Alle Jungs sind wie Büroklammern. Und wenn ich mich verliebe, darf ich sie gar nicht erst in Mels Magnetfeld lassen. Ich trockne die Tränen mit einem Zipfel vom Festival-Shirt. Dummerweise kommen sofort neue nach. Ich werde das Shirt bald auswringen können. Und wenn ich nicht möchte, dass Mel und Björn mich so sehen, sollte ich mir ein anderes Plätzchen suchen.

Weit weg von hier.

Außerhalb ihres Magnetfeldes.

Am besten am anderen Ende der Welt.

Dort sollte ich auch gleich bleiben.

Hinter dem Festival-Gelände liegt ein kleines Wäldchen, da bin ich allein. Ich gehe mit gesenktem Kopf über die Festival-Wiese und weiche allen Blicken aus. Mit jedem Schritt entferne ich mich weiter von der Musik, den Stimmen und dem Gelächter. Ich schlüpfe unter dem Absperrband durch und streife über die wilde Wiese, lange Halme klatschen mir gegen die Hosenbeine, Feuchtigkeit dringt in meine Turnschuhe, bis sie bei jedem Schritt quietschen.

Mir doch egal.

Auf einer kleinen Anhöhe entdecke ich einen alten Traktorreifen einfach so im Gras. Auf den setze ich mich und schluchze vor mich hin. Ab und zu wische ich mir mit der Hand Rotz und Tränen aus dem Gesicht. Auch nachdem ich mich ein bisschen beruhigt habe, bleibe ich da. Die Sonne senkt sich wie ein roter Pfirsich über das Wäldchen. Bald kommt die Dämmerung, und auf der Bühne gehen die Lichter an, und alles, was außerhalb des Festivals ist, liegt im Dunkeln und ist außerhalb unserer Welt. Erst dann beginnt die richtige Party. Es wird bestimmt magisch sein. Ich schlinge die Arme um meinen Oberkörper. Mir wird ein bisschen kalt. Aber ich kann mich nicht aufraffen zurückzugehen, zu den anderen und zu Björn.

Also bleibe ich auf dem Gummireifen sitzen. Bis Cleo mich findet.

»Hier bist du also, wir haben dich schon überall gesucht.« Mit wenigen Schritten ist sie bei mir. »Annika, ist alles in Ordnung mit dir?«

Ich schüttele den Kopf, aber ich möchte nicht darüber reden, sonst fange ich gleich wieder an zu weinen.

»Was ist denn passiert?« Cleo setzt sich neben mich auf den Reifen.

»Sorry, ist privat«, sage ich mit erstickter Stimme. Wenn ich ihr erzähle, wie Björn mir das Herz gebrochen hat, müsste ich ihr auch von Mel erzählen. Und das kann ich nicht. Die beiden sind schließlich Freundinnen. Im Übrigen weiß Mel nicht, wie klasse ich Björn finde. Ich ziehe die Nase hoch.

Cleo zaubert ein Taschentuch aus ihrer Jacke und überreicht es mir. »Hier, vielleicht kannst du es gebrauchen.«

Ich nicke und schnäuze mir die Nase. Cleo legt den Arm um mich. Sie hat zwar keine Ahnung, worum es geht, aber es tut gut, sie neben mir zu haben und mich an ihre Schulter zu lehnen.

»Es kommt vor, dass alles schrecklich ist«, sagt Cleo leise. »Aber du schaffst das, ganz bestimmt. Du bist ganz schön stark und lässt dich nicht unterkriegen.«

Ich blinzele sie durch den Tränenschleier an. Meint sie das etwa ernst? Aber ich kann nichts Spöttisches an ihr entdecken, stattdessen lächelt sie mich aufmunternd an. »Komm, lass dir das Festival nicht versauen, es ist schließlich auch dein Fest. Du darfst es nicht verpassen. Wenn es nötig ist, kannst du danach immer noch traurig sein.«

»Vielleicht hast du recht«, sage ich. Cleo steht auf, reicht mir die Hand und zieht mich hoch. Und dann schlendern wir eingehakt zur Festival-Wiese. Beim Getränkestand gibt Cleo mir eine Apfelsaftschorle aus. Ja, und die brauche ich auch, damit ich mir Mut antrinken kann, wenn die *Enten* die Bühne betreten.

Lächelnd hebt Cleo die Flasche. »Auf unser Festival.«

»Auf unser Festival!«

Ich nehme einen kräftigen Schluck. Dieser Tag ist die reinste Achterbahnfahrt. *I'm still here.* Keine Ahnung, weshalb mir ausgerechnet jetzt Luisas Song durch den Kopf spukt. Aber er passt zu mir, und ich nehme mir vor, mich von nun an nicht mehr aus der Kurve werfen zu lassen, ganz egal, was noch kommt.

18

CLEO HAT noch ein bisschen Händchen gehalten und ist dann wieder losgezogen, um Jacob zu suchen. Bei den ersten Stücken bildete ich mir sogar ein, dass es mir gelingt, die Musik zu genießen und nicht dauernd an Björn zu denken. Doch nun sind wir beim dritten Song angelangt, der natürlich auch noch ein Liebeslied ist, und mein aufgesetztes fröhliches Gesicht zerbröselt wie ein vergessener Keks in der Hosentasche. Mel steht ganz vorne am Bühnenrand, und Björn lächelt ihr andauernd zu. Damit will er ihr wohl zeigen, dass er das Solo auf der Gitarre allein für sie spielt.

Ups, da gucke ich lieber schnell woanders hin. Oder am besten, ich sehe überhaupt nichts mehr.

Ich angele in meiner Jackentasche nach meiner Sonnenbrille und setze sie auf, muss ja nicht jeder mitbekommen, dass mir schon wieder Tränen in die Augen steigen. Auch wenn es echt merkwürdig ist, zu dieser Tageszeit eine Sonnenbrille zu tragen.

Es ist, als wäre ich in einem Schattenreich.

Aber genau dort fühle ich mich gerade ganz gut aufgehoben.

Jemand stellt sich vor mich. Es dauert einen Moment, bis

ich Sara erkenne. Ein großes Fragezeichen steht ihr ins Gesicht geschrieben, das sehe ich sogar im Dunkeln.

»Na, alles wieder gut bei dir?«, frage ich, bevor sie etwas sagen kann.

Sara nickt. »Ja, alles bestens. War wohl eher so eine Art Paranoia-Anfall.«

»Soll vorkommen«, sage ich. »Ist denn Tim auch hier, oder hat er mit seinen Jungs heute was anderes unternommen?« Natürlich kenne ich längst die Antwort, aber ich will nicht, dass Sara mich ausfragt. Denn dann müsste ich wieder heulen, und dann nützt mir auch die Sonnenbrille nichts mehr. Und überhaupt, wie sieht das denn aus, wenn unter den Gläsern die Tränensturzbäche hervorströmen?

»Mit dir ist aber alles in Ordnung, oder?«, fragt Sara prompt und legt den Kopf schief. »Du bist irgendwie merkwürdig. Nimm mal die alberne Brille ab, damit ich dir in die Augen sehen kann.«

»Na ja, also, ehrlich gesagt, mir, mir geht es …«, stottere ich und greife zum Brillengestell. Innerlich wappne ich mich für die vielen Fragen, die gleich auf mich einprasseln werden. Doch dann hält mir jemand von hinten die Augen zu. Sara kann es nicht sein, denn die steht vor mir, und ich höre, wie sie anfängt zu kichern.

»Jacob?«, rate ich.

»Nein, der ist es nicht«, sagt Sara lachend.

»Cleo?«

»Auch nicht.«

»Ich wusste ja gar nicht, dass ich so zarte Frauenhände habe«, sagt jemand mit verstellt hoher Stimme hinter mir.

»Lasse?«

Da geben die Hände meine Augen frei, und ich drehe mich um. »Hätte ich mir gleich denken können, dass du das bist.«

Lasse nimmt mich kurz in die Arme. Er riecht ein bisschen nach Holz. Ob das an seinem Beruf liegt? Unauffällig ziehe ich den Geruch ein. »Wir haben ein echt schönes Festival, weißt du das?«, fragt er mich leise.

Weiß ich das?

Tja.

»Tut gut, dich zu sehen«, murmele ich. Das meine ich wirklich so. Und da lächelt mich Lasse richtig süß an und formt mit den Händen ein Herz. Es ist echt wichtig, Freunde zu haben, wenn es einem dreckig geht. So viel steht fest. Und als Lasse seinen Arm um mich legt, überstehe ich sogar die Schmalznummer auf der Bühne. Und zwar ganz ohne Sonnenbrille.

Ich bin eingerahmt von meinen Freunden, das ist das Beste, was mir passieren kann. Gemeinsam hören wir den *Enten* zu, die sich mit jedem Stück noch steigern und eine super Stimmung im Publikum verbreiten. Cleo stellt sich zu uns und wippt vergnügt im Takt mit.

»Hey, Mel, hier sind wir!« Cleo winkt meiner Schwester zu, die mit einem Becher in der Hand beinahe an uns vorbeigelaufen wäre. Sie bleibt abrupt stehen. Unsere Blicke kreuzen sich, und ihr Gesicht erstarrt. Was hat sie denn? Sie sieht aus, als wäre ihr ein Gespenst begegnet.

»Wie lange willst du da noch wie angewurzelt stehen bleiben und uns die Sicht auf die Bühne versperren?«, fragt Lasse und winkt sie herbei. »Na los, komm schon her!«

Mel setzt ein Lächeln auf. »Ich dachte, dass ihr ganz woanders seid. Deshalb war ich ein bisschen überrascht, euch hier zu sehen.«

Wieso eigentlich? Wir waren doch die ganze Zeit hier. Sie lehnt sich gegen mich, und im nächsten Moment habe ich den Inhalt ihres Bechers auf meinem Shirt.

»Mist!«

Mel schlägt sich die Hand vor den Mund. »Es tut mir ja so leid. Ich weiß gar nicht, wie mir das passieren konnte. Ich fürchte, mir ist der Becher irgendwie weggerutscht!«

»Manno!« Ich ziehe mit spitzen Fingern den Stoff vom Körper weg. Eigentlich reicht es mir, pitschnasse Füße zu haben, und genug kalte Duschen habe ich auch erlebt, wenn auch von anderer Art.

»Hast du was zum Wechseln dabei?«, fragt Lasse, der nicht einen einzigen Spritzer abbekommen hat. »Sonst leihe ich dir was.«

»Nicht nötig, aber danke«, sage ich. »Im Wohnwagen müsste noch ein Pulli von mir sein, den werde ich dann mal anziehen.«

»Wie gesagt, tut mir total leid«, wiederholt Mel und hebt bedauernd die Hände.

»Egal, ich wollte mir den Pulli ohnehin demnächst holen«, sage ich grummelnd. »Es wird nämlich allmählich frisch.« Ich vergrabe meine Hände in den Hosentaschen und mache mich auf den Weg. »Dann bis gleich.«

Wieder einmal gehe ich zu meinem Arbeitsplatz – zum wievielten Mal an diesem Tag? Ich spüre das triefnasse Shirt auf meiner Haut und freue mich auf die wärmende Wolle.

Als ich die Wohnwagentür öffne, schlägt mir der würzige Minze-Duft von Mels Shampoo entgegen, und mir fällt sofort ein, wie Björn meine Schwester um ein Date gefragt hat. Daran möchte ich nicht erinnert werden. Deshalb versprühe ich fast den ganzen Inhalt des Deos, das ich für die aufgeregten Musiker deponiert habe. Ich weiß selbst, wie kindisch das ist. Vermutlich werde ich bald erleben, wie die beiden ein Paar werden. Sie werden vor meinen Augen miteinander knutschen. Ich werde natürlich alles ertragen. Obwohl ich ihnen vielleicht auch gern eine Apfelsaftschorle über den Kopf kippen würde.

Plötzlich durchfährt mich ein Gedanke wie ein Blitzschlag. Es könnte nicht zufällig sein, dass Mel die Apfelschorle absichtlich über mir ausgekippt hat?

Ich muss mich setzen. Es ist ein ziemlich absurder Gedanke, aber etwas in mir weiß, dass es wahr ist. Noch einmal lasse ich die Szene vor meinem inneren Auge ablaufen, und ich suche nach einer Erklärung. Ein Stolpern, jemand, der sie versehentlich angerempelt hat, oder so etwas in der Art.

Bloß, da war nichts. Nichts, weswegen sie den Becher hat fallen lassen müssen.

Ich wische den Gedanken entschieden beiseite. Das ist doch alles Blödsinn. Mich hat das alles zu sehr mitgenommen, und nun fange ich an, Gespenster zu sehen. Aber das erinnert mich an die nächste Sache, die ich nicht verstehe. Weshalb hat mich Mel vorhin so angestarrt? Als wäre sie total entsetzt, mich dort zu sehen? Gedankenverloren ziehe ich die Jacke aus und wechsele das Shirt gegen den Pulli. Je länger ich darüber nachgrübele, desto weniger verstehe ich, was das alles soll. Weshalb sie sich mir gegenüber so verhält, ist mir ein Rätsel. Habe ich sie verärgert? Und wenn ja, womit?

Schließlich gehe ich zurück zu meinen Leuten. Da sind sie: Mel, Lasse und Sara, zu der sich nun auch Tim gesellt hat. Mel steht dort, wo eben noch mein Platz war. Neben Lasse. Sie hat sich an ihn gelehnt und ihren Arm um seine Taille gelegt. Was soll denn das? Kann sich meine Schwester nicht entscheiden, wen sie will?

Als ich zurückkomme, machen die Enten eine Pause. Sie stehen hinter der Bühne und trocknen sich den Schweiß mit den Handtüchern ab, die ich für sie bereitgelegt habe. Tja, die Bandbetreuung hat eben an alles gedacht.

»Jetzt ist mir wärmer«, sage ich, als ich bei meinen Freunden angekommen bin. Mel lächelt mich schuldbewusst an. »Ich bin echt froh, dass du noch einen Ersatzpulli hattest, sonst hätte ich dir einen von zu Hause geholt.« Sie schmiegt ihren Kopf an Lasses Schulter.

»Also, ich könnte noch etwas zu trinken gebrauchen«, sage ich. »Soll ich jemandem was mitbringen?«

Mel schüttelt den Kopf. »Nö, danke, ich brauche nichts weiter.«

»Für mich auch nichts«, sagt Lasse.

Sara bestellt eine Limo, und ich gehe zum Getränkestand. Als ich in der Schlange stehe, drehe ich mich um und schaue zu Mel und Lasse. Gleichzeitig muss ich an Björn denken. Die Gedanken in meinem Kopf purzeln wild durcheinander, aber nichts ergibt einen Sinn.

19

AN DIESEM MORGEN beneide ich alle gewöhnlichen Festivalbesucher, denn sie können sich in ihren Betten noch einmal gemütlich auf die andere Seite drehen. Mel und ich haben uns nach nur vier Stunden Komaschlaf aus den Betten gekämpft und sind im Morgengrauen zur Festival-Wiese geradelt. Auf der Fahrt haben wir kaum miteinander gesprochen. Stattdessen haben wir die ganze Zeit auf den Weg vor uns gestarrt. Als müssten wir uns in menschenleeren Straßen auf den Verkehr konzentrieren. An der Müdigkeit kann es nicht liegen. Früher hätte sie uns jedenfalls nicht vom Quatschen abgehalten. Etwas ist anders zwischen uns.

Cleo und Jacob haben im Wohnwagen übernachtet und Lasse im Zelt davor. Genau wie die meisten Bands, die auf der Festival-Wiese gezeltet haben. Wir sind die Einzigen im Team, die überhaupt nach Hause gefahren sind, und das auch nur meinetwegen. Oder besser gesagt, wegen unseren Eltern.

Als wir auf der Festival-Wiese ankommen, trennen sich unsere Wege. Mel will mit den anderen das Gelände aufräumen, und ich bringe den Wohnwagen auf Vordermann.

Diesmal finde ich es überhaupt nicht schlimm. Zudem habe ich eine nette Hilfe. Sara lehnt am Wohnwagen und wartet schon auf mich. Als ich sie dort entdecke, freue ich mir fast ein Loch in den Bauch. Endlich kann ich ihr erzählen, wie seltsam sich meine Schwester mir gegenüber in letzter Zeit benimmt.

»Hast du mitbekommen, wie sie mir gestern ihre Apfelschorle übers Shirt gekippt hat?«, frage ich sie, während ich mit einem Schwammtuch die Schränke abwische.

»Klar, ich stand schließlich daneben.« Sara bückt sich, um ein paar Kronkorken vom Boden aufzusammeln und im Müllbeutel zu versenken.

»Vielleicht bilde ich es mir nur ein«, sage ich, »aber ich glaube nicht, dass es ein Versehen war, denn es hat sie niemand angerempelt, und gestolpert ist sie auch nicht. Einen Moment lang kam es mir sogar vor, als habe sie mich von Lasse vertreiben wollen.«

Sara nickt und verknotet den Müllbeutel. »Das macht durchaus Sinn. Vielleicht ist sie eifersüchtig auf dich.«

»Auf mich?« Ich lasse das Schwammtuch sinken. »Das meinst du nicht ernst, oder?« Der Gedanke ist völlig absurd, allein schon wegen der Geschichte mit Björn. Aber seltsamerweise fällt mir sofort ein, wie Mel reagiert hat, als ich mit Lasse im Eiscafé verabredet war, und wie sauer sie war, als Lasse mit mir die Pressearbeit übernehmen wollte. Das würde durchaus für Saras These sprechen.

»Dann verstehe ich aber nicht, weshalb sie …«, meine Stimme wird brüchig, »weshalb sie sich unbedingt mit Björn verabreden muss.« Mist, gleiche heule ich wieder los.

Sara schaut mich aufmerksam an. »Ist das gestern passiert?«

Ich nicke, und dann erzähle ich ihr alles ganz von vorn. Wie ich mich danach gesehnt hatte, mit Björn allein zu sein, und was dann geschah. »Jedenfalls wurde mir klar, dass ich mir nur eingebildet hatte, dass Björn sich für mich interessiert«, beende ich meinen Bericht. »Immerhin habe ich es kapiert, als sie sich zu ihrem Date verabredet haben.«

»Bist du dir sicher, dass Björn auf sie steht?«, fragt Sara.

»Natürlich tut er das.« Ich sammle mich wieder und wringe das Schwammtuch aus, mit dem ich die Schränke abwische. »Du hättest ihn mal hören sollen! Außerdem finden alle Jungs Mel klasse. Es wundert mich sowieso, dass sie schon so lange solo ist.«

»Läuft denn schon was zwischen den beiden?«, hakt Sara nach.

Ich zucke die Achseln. »Ich glaube, sie sind noch kein Paar. Aber das ist nur eine Frage der Zeit. Mel bekommt gewöhnlich immer, was sie will.«

»Ist das wahr?« Sara lässt sich auf die Polsterbank fallen. »Da kann man ja Komplexe kriegen.«

»Stimmt.« Ich nicke wissend. »Und wenn man so eine Superfrau zur Schwester hat, ist es auch nicht immer leicht.«

Ich schiele auf die Packung Taschentücher, die halb leer vor mir liegt. Immerhin habe ich diesmal nicht alle verbraucht.

Kurz darauf klopft es an der Wohnwagentür, und wie es der Zufall will, steht ausgerechnet Björn davor. Da gerät mein Herzschlag schon wieder ins Stolpern.

»Du hier? Ich dachte, ihr seid längst wieder zurück«, sage ich ziemlich verwirrt.

»Wir haben hier gezeltet, weil wir keine Lust hatten, so spät noch zu fahren«, erklärt Björn und streicht sich durchs Haar, das danach nur noch mehr absteht als vorher. Er schaut verlegen auf den Wohnwagenboden. Entweder hat er so eine Art Schüchternheitsanfall, oder aber er scheint nicht gerade ein Morgenmensch zu sein. Ich tippe auf Letzteres. Alles andere ergibt keinen Sinn.

Er räuspert sich. »Wir wollten uns noch mal bedanken, für das Interview und für die tolle Bandbetreuung.«

»Das ist doch nicht nötig«, murmele ich und merke gar nicht, dass der Wischlappen in meiner Hand auf den Boden tropft.

Björn überreicht mir eine CD. »Das ist unsere erste richtige Aufnahme«, erklärt er. »Vielleicht hörst du mal rein. Und viele Grüße auch von den anderen.«

»Danke.« Ich wende das CD-Cover in der Hand. »Hey, die ist ja signiert.«

»Ja, von uns allen«, sagt Björn und lächelt mich an. »Damit du uns nicht vergisst.« Kaum hörbar fügt er noch hinzu: »Das wäre sehr schade.« Er tippt sich an die Stirn. »Also, ich muss dann mal los. Vielleicht sehen wir uns mal.«

»Irgendwann bestimmt«, sage ich. Wenn auch sicher nicht bald.

Björn dreht sich um und geht. Und ich stehe da und betrachte mein Geschenk. Es ist etwas anders als das, was ich mir gestern noch vorgestellt hatte. Wenn ich Björn und Mel nicht im Wohnwagen gesehen hätte, wäre mir spätestens jetzt klar geworden, dass er mich nicht näher kennenlernen will. Mich will er nicht wiedersehen, noch nicht mal telefonieren. Aber das ist jetzt auch egal. »Hast du Lust auf gute Musik?«, frage ich Sara und drücke ihr Björns CD in die Hand. »Dann schenke ich sie dir.«

»Wenn ich dir damit einen Gefallen tue«, sagt Sara und grinst. »Besten Dank.«

In der nächsten halben Stunde schrubben wir den Wohnwagen, bis er glänzt. Danach helfen wir den anderen noch ein bisschen beim Aufräumen des Geländes. Und dann treffe ich eine Entscheidung. Ich werde vorerst nicht mehr an den Treffen der Festival-Crew teilnehmen. Das fällt mir nicht leicht, denn ich habe wirklich gute Freunde gefunden. Aber es ist besser, wenn Mel und ich uns eine Zeit lang aus dem Weg gehen. Ich brauche jetzt Abstand zu ihr und ihrem Magnetfeld. Vielleicht kann ich eines Tages mein eigenes haben. Und vielleicht interessiert sich dann irgendeine Büroklammer für mich. Aber ich werde sie trotzdem vermissen. Meine Festival-Crew.

»Hey, Leute, hört mal.« Jacob hat ein paar Campingstühle auf der Wiese verteilt und setzt sich in den erstbesten. »Wir wollen noch mal kurz anstoßen. Auf uns und unser Festival.«

Cleo öffnet ihren Rucksack und befördert ein paar Getränkedosen zutage, die sie an uns alle verteilt. »Wir haben wirklich Grund, stolz zu sein«, sagt sie. »Das war großartig!«

»Absolut!«, sagt Lasse und setzt sich neben Jacob. Der Stuhl neben ihm ist noch frei, und es dauert nicht lange, bis Mel sich zu ihm setzt. Ich platziere mich lieber neben Sara, die sich ein paar Stühle weiter hingepflanzt hat.

Mel hebt ihre Limodose. »Auf uns alle!«

»Auf unser Festival«, rufen wir. Es fühlt sich so rund und gut an in der Festival-Crew, fast, als wären wir eine kleine Familie. Das macht mich ein bisschen wehmütig, aber ich werde unser Zusammensein jetzt einfach genießen. Irgendwoher hat Jacob ein paar belegte Brötchen organisiert. Wir erinnern uns noch einmal an alle Highlights, und ich erzähle von meinen Erlebnissen als Bandbetreuerin, das haben die andern ja überhaupt nicht mitbekommen. Alle müssen grinsen, als ich von Luisa und ihrem plötzlichen Appetit auf Schokolade erzähle und von den mustergültigen Manieren der *Ackerbohnen*. Und dann erzählt Jacob noch einmal ausführlich von unserer Begegnung mit den Polizisten. Wir sind immer noch begeistert darüber, wie gut unser Plan aufging.

»Was haltet ihr davon, wenn wir im nächsten Jahr wieder ein Festival veranstalten?«, fragt Cleo.

»Super Idee«, sagt Mel.

»Oh ja, Annika, dann legen wir aber echt los mit der Pressearbeit«, meint Lasse und reibt sich die Hände. »Wie wir in die Zeitung kommen, hast du ja auch schon herausgefunden.«

»Sehr witzig«, kontere ich. Immerhin kann ich inzwischen darüber lachen.

»Und wir machen richtig Werbung auf Plakaten«, sagt Jacob.

»Außerdem melden wir alles beim Ordnungsamt an«, ergänzt Cleo. »Dann können wir völlig stressfrei feiern.«

»Wir könnten das Festival auch an zwei Tagen veranstalten«, schlägt Mel vor. »Mit doppelt so vielen Bands.«

»Dann ist es also beschlossen, oder?« Cleo lächelt in die Runde. »Wir könnten uns schon bald an die Planung machen. Seid ihr dabei?«

Lasse, Mel und Jacob nicken.

»Was ist mit dir, Schwesterherz?«, fragt Mel mich. »Machst du mit?«

»Ja, natürlich«, sage ich. »Nur nicht sofort. Ich muss in nächster Zeit einiges für die Schule tun, deshalb klinke ich mich erst mal aus.«

»Ach«, meint Sara erstaunt. »Im Moment ist doch eigentlich alles ganz entspannt bei uns.« Als Antwort erhält sie einen Tritt von mir.

»Okay, dann steigst du später ein«, sagt Mel. »Bis dahin kann ich Lasse bei der Pressearbeit unterstützen.«

Ja, so machen wir es.

Ich spüre Lasses Blick auf mir. Aber ich tue so, als bemerke ich ihn nicht. Sorry, Lasse, aber es ist ganz sicher besser so.

20

»WAS DARF'S SEIN, Annika?« Die Frau in der Bäckerei lächelt mich an. »Gemischte Brötchen für die ganze Familie, wie immer am Samstag?«

Das ist ja ganz neu. Woher kennt sie meinen Namen? Unmerklich ziehe ich die Schulterblätter zusammen und mache mich ein bisschen gerader.

»Zwei Sesam-, zwei Mohn- und zwei Dinkelbrötchen, bitte«, antworte ich. »Für unser Familienfrühstück.«

»Sehr gern.« Nachdem sie alles eingetütet hat, beugt sich die Frau über den Tresen. »Habe ich nicht neulich etwas von dir in der Zeitung gelesen?«

»Ähm, wie bitte?«

»Ich meine diesen interessanten Artikel über die Popgruppe mit dem lustigen Namen«, sagt sie. »Irgendwas mit Gänsen oder so ähnlich.«

»Stimmt, das war tatsächlich von mir.« Ich betrachte die Verkäuferin genauer. Seit wann interessieren sich ältere Damen für Festivals? Oder für Bands? Sie muss doch mindestens sechzig sein.

»Früher habe ich die Beatles auf der Reeperbahn gesehen und später auch die Rolling Stones«, erzählt sie munter. »Ich finde es wunderbar, dass ihr dieses Festival veranstaltet habt. Sonst muss die Jugend immer bis nach Hamburg fahren, wenn sie was erleben will.«

»Diese berühmten Bands haben Sie wirklich live gesehen?« Ich bin fasziniert. »Das ist ja unglaublich!«

»Wieso denn? Ich war schließlich auch mal jung.« Sie zwinkert mir zu. Dann zeigt sie auf die Streuselschnecken. »Die sind heute im Angebot. Möchtest du eine?«

»Das ist eine gute Idee«, sage ich. »Ich liebe Streuselschnecken.«

»Weiß ich doch«, sagt die Verkäuferin. »Und deine Schwester ist eher für Rosinenbrötchen zu haben.«

»Stimmt.« Ich lache kurz auf. »Sie wissen aber auch alles.« Nachdem ich bezahlt habe, winke ich ihr noch einmal zu. »Vielen Dank, und bis zum nächsten Mal.«

Das Seltsame ist, dass mir solche Dinge in letzter Zeit öfter passieren. Es ist, als wäre ich aus einem Schatten herausgetreten. Ich bin nicht mehr unsichtbar. Erst habe ich gedacht, ich gehe Mel nur aus dem Weg, um Abstand zu bekommen. Aber inzwischen glaube ich, dass es mir auch darum geht, mein eigenes Ding zu machen. Ich will nicht mehr sein wie sie, und ich vergleiche mich nicht mehr mit ihr. Jedenfalls nicht mehr so oft. Und das ist gut.

Noch etwas ist neu. Ella aus dem Redaktionsteam der Schülerzeitung hat mich gefragt, ob ich bei ihnen mitmachen will. Das Team war ganz begeistert von meinem Artikel über die *Enten*. Sie schlagen vor, dass ich regelmäßig für die Schülerzeitung schreibe und Interviews, Reportagen oder sonstige Artikel beisteuere. Und es gibt kaum etwas, was mich besser davon ablenkt, die Festival-Crew zu vermissen. Denn das tue ich. Seit einem Monat bin ich nicht mehr dabei gewesen. Aber ich denke oft an sie. An Cleo, Jacob, Mel und an Lasse.

Und daran, wie viel Spaß wir zusammen hatten.

Ich sitze an meinem Schreibtisch und versuche mich zu konzentrieren. Für die nächste Ausgabe der Schülerzeitung will ich darüber schreiben, was ich bei der Bandbetreuung erlebt habe. Es fällt mir so viel dazu ein, dass ich einen Roman schreiben könnte. Doch ich habe nur zwei Seiten Platz.

Es klopft an meine Zimmertür. »Annika?«

»Kannst reinkommen!«, rufe ich. Auch das hat sich geändert. Mel klopft jetzt an.

Schwer beladen betritt Mel mein Zimmer. Sie setzt einen riesigen Klamottenberg vor mir auf dem Schreibtisch ab. »Ich habe meinen Schrank aufgeräumt«, sagt sie. »Du kannst ganz viele Sommersachen vom letzten Jahr haben, wenn du magst.«

»Oh, danke!« Ich betrachte die Kleidungsstücke, die sie vor mir abgelegt hat. Die meisten erkenne ich wieder. In der geblümten Bluse sieht Mel wirklich klasse aus. Das blaue Shirt passt richtig gut zu ihren Augen, und der Minirock ist der Hit, wenn draußen Sandalenwetter ist. Ich streiche über den Baumwollstoff einer gepunkteten Bluse. Wie oft habe ich mir gewünscht, sie zu tragen. Weil sie Mel so gut stand. Es ist natürlich nett von ihr, mir das anzubieten. Und noch vor einem Monat hätte ich die Sachen mit Kusshand genommen. Doch nun sträubt sich etwas in mir.

»Superlieb von dir, Mel«, sage ich und ziehe die Maus unter einer Hose hervor. »Aber ich glaube, ich will deine Sachen nicht.«

»Aber wieso denn nicht?«, fragt Mel. »Gefallen sie dir nicht?«

»Doch, die sind wirklich schön, aber es ist dein Stil, nicht meiner«, antworte ich.

Solange ich denken kann, trage ich etwas von Mel. Früher habe ich alles bekommen, was ihr zu klein wurde, und heute suche ich mir aus, was ich haben möchte. Oder ich leihe mir etwas aus. Ich dachte, wenn ich ihre Sachen anziehe, sehe ich genauso hübsch aus wie sie. Denn das war es, was ich wollte: so sein wie meine tolle Schwester. Ich habe nie darüber nachgedacht, was eigentlich zu mir passt. Und wenn ich ehrlich bin, weiß ich nicht mal genau, was ich überhaupt mag.

»Neue Klamotten sind aber ganz schön teuer«, gibt Mel zu bedenken. »Meine Sachen bekommst du alle geschenkt.«

»Ich weiß, und das ist ja auch klasse«, sage ich. »Aber genau deshalb habe ich mir einen Job gesucht. Um endlich mal richtig shoppen zu gehen.«

Bei dem Gedanken hüpft mir das Herz vor Freude. Schon bald werde ich mit Sara losziehen und alles anprobieren, was mir gefällt. Am Ende werde ich einen eigenen Klamottenberg haben. Und vielleicht sogar einen eigenen Stil.

»Du jobbst?« Mel schaut mich irritiert an. »Gibst du jetzt etwa auch Nachhilfeunterricht?«

»Nein, ich trage nachmittags das Wochenblatt aus«, erwidere ich lachend. »Das passt besser zu mir.«

»Okay«, sagt Mel und zupft nachdenklich an einer Haarsträhne herum. »Jetzt weiß ich wenigstens, weshalb du nicht mehr zu den Treffen der Festival-Crew kommst. Die anderen fragen übrigens schon nach dir.«

»Tja, meine Zeit ist gerade ein bisschen knapp«, bestätige ich. »Es ist nicht nur der Job, sondern ich schreibe jetzt auch noch für die Schülerzeitung, und außerdem muss ich viel in Mathe aufholen.« Unser Mathelehrer hat sich nämlich nicht davon abschrecken lassen, dass ich nicht so gut bin wie Mel. Er hat mich gefragt, was ich nicht verstehe, und dann hat er es mir erklärt. Tja, und nun habe ich es verstanden und sogar Sara beibringen können. Kein Wunder, dass Mel so gut bei ihm ist. Bei dem Lehrer muss man ja zum Mathe-Ass werden. Vielleicht werde ich das auch noch. Oder komme wenigstens auf eine Drei.

»Das hört sich an, als wärst du ganz schön beschäftigt«, meint Mel, und in ihrer Stimme schwingt so etwas mit wie Respekt.

»Ich bin gern wieder dabei, wenn ich mehr Zeit habe«, sage ich und deute auf den Klamottenberg. »Vielleicht kannst du die auf dem Flohmarkt verkaufen.«

Das hält Mel für eine gar nicht so üble Idee, und wir reden noch ein bisschen darüber, welche Flohmärkte in nächster Zeit in der Nähe stattfinden, bis Mel ihren Klamottenberg nimmt und geht. Ich sammle meine Gedanken, und plötzlich habe ich eine Idee, wie die Headline meines Artikels lauten könnte: Lauter bunte Smarties, nach Farben sortiert. Nachdem ich die ersten Wörter getippt habe, fällt es mir leicht, den restlichen Text zu schreiben. Ich bin in meinem Element, und ich komme gut voran. Morgen werde ich den Text noch einmal lesen und ein bisschen überarbeiten, dann gebe ich ihn ab. Man braucht ein bisschen Mut, um seine Texte zu präsentieren, aber natürlich bin ich schon gespannt darauf, wie er dem Redaktionsteam gefällt. Ich denke an Björn und daran, wie glücklich ich darüber war, dass er das Interview mochte. Mir fällt wieder unser Telefonat ein und wie er meine Hand nahm, als ich mich verbrannt hatte. Prompt schießt mir eine passende Headline dazu durch den Kopf: Happy beginning, sad end. Aber das ist eine andere Geschichte. Ich bin froh, wenn nun ein neues Kapitel beginnt.

21

ICH BIN mit dem Fahrrad unterwegs, verteile das Wochenblatt, und es ist ganz schön heiß, richtig Sommer eben. Die Sonne brennt vom Himmel, und mein Top klebt mir am Rücken. Aber zum Glück lassen meine neuen Shorts viel Luft an meine Beine, die sogar schon ein bisschen braun gebrannt sind. Ich hätte ja nie gedacht, dass ich diese Shorts tragen kann. Sara hat mich am Ende überzeugt, und ich muss sagen, ich sehe ganz passabel, nein, ähm, richtig gut darin aus.

Unsere Shopping-Tour war ein voller Erfolg. Ich habe so viele neue Farben anprobiert, Pink, Gelb und Orange, und bin absolut erstaunt darüber, was mir alles steht. Das Top ist auch neu. Es ist gelb-weiß gestreift, und ich finde, es sieht fröhlich aus zur dunklen Shorts. Mel hat große Augen gemacht, als sie mich in meinen neuen Sachen gesehen hat. Vielleicht erlebe ich es noch, dass sie sich demnächst etwas ausleihen will.

Ich steige vom Fahrrad ab und fülle die Briefkästen mit den Zeitungen. Manche Bewohner winken mir schon fröhlich zu, wenn ich angeradelt komme, aber es gibt natürlich auch andere, die keine Wochenzeitung wollen. Meine Zeitungstour mache ich zweimal die Woche. Erst fand ich es nur anstrengend, doch nun ertappe ich mich schon manchmal dabei, wie ich mich darauf freue. Ich probiere jetzt öfter mal was Neues aus. Damit meine neuen Kletterschuhe nicht ungenutzt in der Ecke verstauben, habe ich mich mit Sara zum Klettern verabredet. Ich bin schon jetzt gespannt, ob ich mich am nächsten Tag vor Muskelkater noch rühren kann.

Ich biege in die Lindenallee ein, überhole ein paar Frauen, die ihren Hackenporsche hinter sich herziehen, und fahre an einem kleinen Gemüsegeschäft vorbei. Es ist eine schöne Wohnstraße, in der ich noch nie zuvor war. Und ich dachte immer, in diesem Ort kenne ich jeden Strauch. Am Straßenrand entdecke ich etwas, was mich augenblicklich in die Bremsen treten lässt. Hallo, wo kommt der denn her? Es ist ein Wohnwagen, und zwar genau das gleiche Modell wie unser Festival-Wohnwagen. Klein, schnuckelig und wunderbar altmodisch.

Ich steige vom Rad. Dieser hier sieht sehr gepflegt aus, und auf seiner Rückseite kleben lauter Sticker von Urlaubsorten. Ich studiere, wo der kleine Wohnwagen schon überall war in dieser großen weiten Welt. Dann gehe ich einmal um ihn herum und versuche, einen Blick durch die Fenster zu werfen. Als ich sehe, dass auf dem kleinen Tisch eine Vase mit einer Plastiknelke steht, muss ich grinsen. So eine muss ich auch für unseren Wohnwagen haben. Ich kann gar nicht anders, als die Wohnwagenwand zu berühren. Es fehlt nicht viel, und ich hätte sie gestreichelt. Muss ich mir Sorgen machen, weil ein kleiner spießiger Wohnwagen mich so wehmütig macht?

Ein Anwohner im Netzunterhemd öffnet das Fenster. »Du brauchst gar nicht so neugierig zu gucken, im Wohnwagen gibt's nichts zu holen.«

So ein Blödmann! Als würde ich in seinen Wohnwagen einbrechen wollen! Ich werfe ihm einen bösen Blick zu, setze mich auf mein Rad und fahre davon.

Ein paar Straßen weiter vibriert mein Handy, und ich bremse ab. Bestimmt ist es Sara, aber sie ist es nicht. Überraschung, die SMS ist von Lasse. Neugierig öffne ich die Nachricht.

Hi, Annika,
kommst du nicht mehr, weil Wacken
dich apgeworben hat? Oder was ist der
Grund, weshalb du dich nicht mehr bliken
lässt? Hoffe sehr, du lebst noch.
LG Lasse

Ich grinse übers ganze Gesicht. Das ist so süß! Wacken, das ist dieses Festival in Schleswig-Holstein mit über 70 000 Besuchern. Ich muss lachen. Es ist so schön, dass er mich nicht vergessen hat. Ich tippe:

Hi, Lasse,
was soll ich in Wacken, wenn ihr nicht
dabei seid? Ich freue mich auf euch
und bin bald wieder im Team, habe
nur gerade superviel zu tun.
LG Annika

Ich drücke auf *send* und fahre fort mit meiner Tour. Dann klingelt mein Handy. Nanu? Ruft er mich jetzt auch noch an?

Aber nein, diesmal ist es Sara, nicht Lasse.

Ich stelle mich an den Gehwegrand.

»Hi, Sara, was gibt's?«

»Erinnerst du dich an die CD von den *Enten*?«, fragt sie etwas atemlos.

»Klar. Was ist denn damit?«

»Ehrlich gesagt, habe ich sie eben zum ersten Mal gehört.«

»Ja und?« Ich verstehe nicht ganz, weshalb sie mir das am Handy erzählen muss.

»Da war ein Brief für dich in der CD«, fährt sie fort. »Ich habe ihn natürlich nicht geöffnet, aber er ist ganz sicher von Björn.«

Ups. Es ist gut, dass ich mich am Lenker festhalten kann, denn nun bekomme ich weiche Knie. »Ein Brief? Warum denn das?«

»Woher soll ich das denn wissen?«, fragt Sara. »Kurzer Änderungsvorschlag fürs Nachmittagsprogramm: Du fährst nach deiner Zeitungsrunde noch kurz bei mir vorbei und holst dir den Brief ab.«

»Okay«, sage ich, und mein Herz klopft wie verrückt. Im nächsten Moment pfeife ich es zurück. Hiergeblieben! Bevor es mal wieder davongaloppiert, nehme ich es lieber an die kurze Leine. Erst mal nachsehen, was wirklich in dem Brief ist. Wahrscheinlich ist es ohnehin nur eine zweite Autogrammkarte oder etwas anderes Langweiliges.

»Also gut«, sage ich. »Dann komme ich auf dem Rückweg vorbei.«

Zwei Stunden später habe ich alle Zeitungen verteilt und mache mich auf den Weg zu Sara. Und wie es der Zufall so will, lenkt mein Fahrrad mich direkt an der Eisdiele vorbei, und da finde ich, dass ich mir eine Belohnung gönnen könnte. Für meine Nervenstärke. Und für ein sehr artiges Herz, das nur kurz aufmuckt, weil ich das Treffen mit Sara nun auch noch verzögere. Ich bremse trotzdem ab und kaufe mir ein Eis.

Lustig, dass ich ausgerechnet heute hier haltmache. Weil Lasse sich doch vorhin bei mir gemeldet hat. Vielleicht treffe ich ihn ja sogar. So wie damals, als er hinter mir in der Schlange stand. Das wäre schön.

Mit dem Eis in der Hand spähe ich in das Café. Und dann geschieht etwas sehr Merkwürdiges, denn ich sehe nicht Lasse vor mir, sondern Björn. Oder bilde ich mir das nur ein? Ich kneife kurz die Augen zusammen, aber Björn ist immer noch da.

Und bevor sich unglaubliche Freude in mir ausbreitet, entdecke ich Mel. Björn sitzt ganz dicht neben ihr, und sie schauen sich zusammen etwas an. Ich starre die beiden an, als wären sie eine Fata Morgana. Oder ein schlechter Traum. Es gab da diese schwedische Popband, die meine Eltern manchmal hören. Mir kommt ein Song in den Sinn.

The winner takes it all.

Tja, das trifft es.

Mel und Björn wirken so vertraut miteinander, dass es mir einen Stich mitten ins Herz versetzt. Ich wende meinen Blick von ihnen ab.

Ich will das nicht sehen.

Höchste Zeit, nach Hause zu fahren. Ich hoffe nur, dass sie mich nicht bemerkt haben. Denn dann müsste ich ihnen Hallo sagen. Schnell steige ich auf mein Fahrrad, und es ist mir egal, dass Vanilleeis auf meine neue Shorts tropft. Ich beeile mich nur noch, hier wegzukommen.

An der nächsten Ecke halte ich und rufe Sara an.

»Sorry, ich muss absagen«, sage ich. »Ich habe total Kopfschmerzen und kriege wahrscheinlich meine Tage.«

»Ja, aber …«, entgegnet Sara. »Willst du den Brief gar nicht lesen?«

»Nein«, antworte ich. »Tu mir einen Gefallen und wirf ihn einfach in den Müll.«

»Hä?«

»Brauchst du nicht zu verstehen«, sage ich. »Tu's einfach. Bitte!« Und damit beende ich das Gespräch.

Am nächsten Tag habe ich immer noch schlechte Laune, und ich kann nichts dagegen tun. Ich sage meinen Eltern, dass ich mich krank fühle und zu Hause bleiben möchte, in meinem Bett. Mama findet auch, dass ich schlecht aussehe. Sie fasst mir an die Stirn. »Fieber hast du nicht«, sagt sie. »Aber es tut dir sicher gut, dich einen Tag lang auszuruhen.« Genau das tue ich. Ich liege den ganzen Tag auf meinem Bett, starre die Zimmerdecke an und brüte vor mich hin. Ich gehe nicht mal an mein Handy, das nachmittags ein paarmal klingelt. Sara will vermutlich wissen, was los ist, aber ich habe keine Lust zu reden. Worüber auch? Es war ja abzusehen, dass Mel und Björn zusammenkommen. Es war allerdings nicht abzusehen, wie sehr mich das mitnimmt.

Während des Abendessens sage ich kaum ein Wort. Bei Mel ist es nicht viel anders. Kein Wunder, dass unsere Eltern beschließen, an diesem Freitagabend mal wieder allein ins Kino zu gehen. Kaum sind sie aus der Tür, ziehe ich mir meinen Pyjama an, weil ich nämlich nur noch schlafen will.

Ich kann aber nicht schlafen, das habe ich ja auch schon tagsüber getan. Also lege ich eine CD mit langsamen, nachtschwarzen Songs ein, die zu meiner Stimmung passen. Ich drehe die Anlage auf und lasse mich auf mein Bett fallen. Nachdenklich betrachte ich meine Fingernägel und denke, dass ich sie mal wieder schneiden könnte. Doch dazu fehlt mir die Energie. Das Einzige, wozu ich mich vielleicht noch aufraffen kann, ist ein Frustschokoladenessen. Also schlurfe ich nach unten, um über die Vorräte im Küchenschrank herzufallen.

Und auf wen treffe ich dort? Auf Mel, die genau wie ich schon im Pyjama steckt.

Was will die denn hier? Die ist doch glücklich verliebt! Ich komme gerade dazu, als sie die Schokoladenfolie aufreißt. Ich stöhne auf. Jetzt isst sie mir auch noch die Süßigkeiten weg!

»Hey, Sis.« Ich stelle mich neben sie und halte die Hand auf. »Lass mir auch noch ein bisschen Schokolade übrig. Ich habe die viel nötiger als du.«

»Das glaube ich kaum«, antwortet Mel und bricht sich ein großes Stück ab, das im nächsten Moment in ihrem Mund verschwindet. Sie sieht blass aus, ihre Augen sind gerötet, und auf ihrer sonst so makellosen Haut zeigen sich Flecken.

»Übertreibst du nicht?«, frage ich. »Ich dachte, du wärst im siebten Himmel.«

»Ich bin alles andere als das«, sagt Mel, und in ihren Augen schimmert es feucht. Ein weiteres Stück Schokolade verschwindet in ihrem Mund.

»Was, wieso denn nicht?«, frage ich und breche mir selbst ein Stück von der Tafel ab.

»Es ist wegen Lasse«, sagt Mel unglücklich. »Ich komme einfach nicht an ihn ran.«

Ich traue meinen Ohren nicht. »Wieso Lasse?«, entfährt es mir. Und als Mel mich mit großen Augen ansieht, erzähle ich ihr, wie ich sie zusammen mit Björn im Café gesehen habe. »Ihr saht total glücklich aus«, erkläre ich. »Und so vertraut miteinander.«

»Ach, Quatsch!« Mel fängt an zu lachen. »Ich habe mich mit Björn getroffen, weil wir was wegen des Festivals besprechen wollten. Wir möchten unbedingt, dass sie auch im nächsten Jahr bei uns spielen. Wenn du zu unseren Treffen gekommen wärst, hättest du das längst gewusst.«

»Ich, ich dachte …«, stottere ich.

»Dass ich was mit Björn habe?« Mel muss noch mehr lachen. »Du spinnst, Schwesterherz. Der ist zwar total nett, aber überhaupt nicht mein Typ.«

»Ist das wahr?« In meinem Kopf schwirrt alles durcheinander. »Ich dachte immer, ihr wärt längst zusammen oder wenigstens kurz davor.«

»Ja, und deshalb sitze ich auch jeden Abend zu Hause und treffe mich nie mit ihm«, antwortet Mel und grinst. »Nee, zwischen Björn und mir ist nichts, auch wenn ich ihn wirklich mag.« Ihre Miene verdüstert sich wieder. »Sag mir lieber, warum Lasse nichts von mir wissen will.«

Verblüfft schaue ich sie an. »Er will nichts von dir?«

»Lasse steht einfach nicht auf mich, der nimmt ja noch nicht mal meine Hand«, erklärt Mel. »Geschweige denn, dass er sich mit mir verabredet. Jedenfalls hat er dauernd was anderes vor.« Sie zuckt hilflos die Schultern und blickt zu Boden. Wir schweigen eine Weile. Dann spricht Mel mit leiser Stimme in die Stille hinein. »Das mit der Apfelsaftschorle tut mir wirklich leid, das musst du mir glauben. Ich war nur so schrecklich eifersüchtig auf dich.«

»Auf mich?« Wir spielen hier gerade verkehrte Welt, oder wie darf ich das verstehen? »Eifersüchtig auf mich?«

»Du hast es wirklich nicht gemerkt?« Mel lacht kurz auf. »Es war ja wohl nicht zu übersehen, wie Lasse dich bei jeder Gelegenheit angebaggert hat.«

»Phhh, du bist verrückt!« Ich schüttele den Kopf. Es kann doch gar nicht sein, dass Lasse sich mehr für mich interessiert hat als für Mel. Oder etwa doch? Im Zeitraffer spule ich unsere Begegnungen ab. Plötzlich bleibe ich immer wieder hängen. Ich habe das nicht gemerkt. Weil ich es nicht für möglich gehalten habe. Und weil Lasse für mich einfach ein Freund ist.

»Ich fürchte, da kann man nichts machen«, sagt Mel mehr zu sich selbst. »Und du?«, fragt sie und hält mir die Schokolade hin. »Was hast du für Sorgen?«

Ich muss überlegen. Was habe ich eigentlich für Sorgen?

»Ähm, mich nervt, dass Sara überhaupt keine Zeit mehr für mich hat, seit sie mit Tim zusammen ist.«

»Das gibt sich wieder«, meint Mel. »Das ist nur in der ersten Zeit so, wenn man ganz schrecklich verliebt ist. Du brauchst einfach nur abzuwarten.«

»So wie du«, antworte ich. »Dein Traummann wartet sicher schon irgendwo auf dich. Aber vielleicht ist es nicht gerade Lasse.«

»Hoffentlich hast du recht.« Mel seufzt. »Langsam glaube ich schon, ich finde niemanden mehr und bleibe für den Rest meines Lebens allein.«

Ich blicke sie erstaunt an. Nanu, was redet denn meine Schwester für Zeug? Solche Sätze passen gar nicht zu ihr. »Du bist eine Klassefrau. Wer das nicht sieht, muss blind sein.«

Da fängt Mel doch tatsächlich an, ein bisschen zu weinen. Und ich verstehe die Welt nicht mehr. Was ich dennoch verstehe, ist, dass meine Schwester ein bisschen Trost braucht, und ich nehme sie in die Arme.

»Ich bin froh, dass ich dich hab«, sagt Mel schniefend. Und dann bietet sie mir das letzte Schokoladenstück an. »Magst du noch?«

Den Rest des Abends schauen wir uns in ihrem Zimmer auf ihrem Tablet zusammen die Serie an, die ich schon ganz aus den Augen verloren hatte. Mel muss mir dauernd erklären, wie es zu irgendwelchen Entwicklungen gekommen ist. Und ich muss ständig nachfragen, weil ich viel zu aufgeregt bin, um mich auf die Handlung zu konzentrieren. Das Wichtigste habe ich allerdings begriffen: Mel und Björn sind kein Paar.

22

AM NÄCHSTEN VORMITTAG schreibe ich über WhatsApp eine Nachricht an Björn und frage ihn, ob wir uns nicht mal treffen wollen. Das klingt, als wäre es die einfachste Sache der Welt. Ist es aber nicht. Bevor ich diese mickrigen zwei Sätze abgeschickt habe, musste ich erst zwei Stunden mit Mel reden. Am Ende sagte sie nur: »Du machst das jetzt einfach!«

Ich war nämlich schon kurz davor zu kneifen. Aber dann schrieb ich ihm, und während ich tippte, schlug mein Herz schnell wie ein fliehendes Tier.

Ich liege bäuchlings auf meinem Bett, habe eine paar Zeitschriften aufgeschlagen und schiele trotzdem immer wieder auf mein Handy. Ich kriege fast einen Herzinfarkt, als sich eine neue WhatsApp-Nachricht ankündigt. Als ich sie öffne und entdecke, von wem sie ist, wird mir ganz flau im Magen. Ich scrolle mit klopfendem Herzen durch Björns Antwort.

Liebe Annika,
ein Treffen? Gern! Sag, wann und wo!
LG Björn

Juchhu! Ich springe vom Bett und tanze durch den Raum. Er will mich sehen! Vor Freude hüpfe ich auf und ab. Das ist so aufregend! Es soll ja Mädchen geben, die in einem solchen Moment cool bleiben und den Jungen ein bisschen zappeln lassen. Aber das halte ich nicht aus. Ich mag diese Spielchen nicht, und darum antworte ich ihm sofort. Meine Finger fliegen nur so über die Tastatur.

Wie wäre es mit morgen?

Super! Wir könnten uns nachmittags im Stadtpark treffen.

Bin dabei! Freue mich auf morgen.
PS: Wo genau treffen wir uns denn?

Kennst du die Parkbank, die links neben dem Eingang steht? Dort um fünf Uhr?

Alles klar! Dann bis morgen!

Nachdem alles besprochen ist, laufe ich in meinem Zimmer umher wie eine aufgezogene Spielzeugmaus. Bis mir einfällt, dass ich auch meine Schwester besuchen könnte. Ich gehe über den Flur und klopfe an Mels Zimmertür.

»Komm rein«, ruft Mel von drinnen. Ich öffne, und Mel blickt auf. Sie sitzt ganz entspannt im Jogginganzug auf ihrem Bett, hört Musik und schreibt Tagebuch.

»Was gibt's?«

»Ich muss dir was Wichtiges sagen.«

»Oha, da bin ich aber gespannt.« Mel schlägt das Tagebuch zu und steckt die Kappe auf den Füller. Schon lange füllt sie dieses Buch mit ihrer sauberen runden Mädchenschrift. So eine Handschrift hätte ich auch gern. Meine eigene Klaue kann ich manchmal kaum lesen. Aber wozu gibt es Tastaturen? Wenn ich Tagebuch schreiben würde, dann an meinem Laptop.

»Nun sag schon.« Mel schaut mich erwartungsvoll an.

»Also, es ist so …« Ich druckse ein bisschen herum. Plötzlich wird mir bewusst, dass ich ein Date habe, aber sie nicht. Ich möchte sie nicht eifersüchtig machen.

»Du bist so merkwürdig«, sagt Mel und runzelt die Stirn. »Muss ich mir Sorgen machen?«

»Nein, überhaupt nicht.« Ich knete nervös meine Hände und räuspere mich. »Ähm, also, es ist so: Ich treffe mich morgen mit Björn.«

»Hey, das ist ja super!« Mel lacht mich an. »Das ist ganz toll!«

»Aber jetzt bin ich so aufgeregt, dass ich nicht allein sein kann«, sage ich. »Wollen wir ein bisschen Musik hören oder irgendwas auf dem Tablet sehen?«

»Gute Idee«, sagt Mel vergnügt. »Ich habe noch etwas für dich. Das wollte ich dir eigentlich neulich schon geben.«

»Etwas für mich?« Mit Geschenken hätte ich jetzt eher nicht gerechnet.

Mel steht auf und geht zu ihrem Kleiderschrank. Sie öffnet eine Schublade, nimmt etwas heraus und drückt es mir in die Hand.

Es ist in pinkfarbenes Seidenpapier gehüllt.

Mein Geburtstagsgeschenk.

»Du hast es umgetauscht?«, frage ich.

»Nein, das nicht«, erklärt Mel. »Aber ich kann dich beruhigen, es ist anders geworden.«

»Schon gut, so schlimm finde ich es eigentlich gar nicht mehr«, entgegne ich. Einen Moment lang überlege ich, weshalb ich mich an meinem Geburtstag so furchtbar aufgeregt habe.

»Ich bin sehr gespannt«, sagt Mel.

Vorsichtig schäle ich das Shirt aus dem Seidenpapier. Auf der Vorderseite steht jetzt nicht mehr Kleine Schwester. Mel hat das Kleine durchgestrichen und darüber mit einem Textilstift Lieblings- gesetzt.

Als ich das sehe, kommen mir beinahe die Tränen.

»Kunststück, wenn man nur eine Schwester hat«, murmele ich und spüre einen dicken Kloß im Hals. Ich ziehe das Shirt auf der Stelle an. »Es ist perfekt«, sage ich und umarme sie. »Ich ziehe es nie mehr aus.«

Da strahlt Mel mich an und sagt, dass sie es ernst meint mit dem Spruch, egal, was passiert.

So ist sie nun mal.

Da plötzlich begreife ich es.

Sie ist die allerbeste Schwester, und es ist kein Wunder, dass ich so sein wollte wie sie.

Aber ich habe begriffen, dass es nicht geht.

Ich bin einfach nur ich. Und das ist gut so.

23

ICH BIN ZU FRÜH am Treffpunkt. Björn ist noch gar nicht da. Ich setze mich auf die Parkbank und zupfe nervös an meinem Shirt. Es ist das Schwesternshirt, das ich heute Morgen gleich wieder angezogen habe. Ich bin sicher, dass es mir Glück bringen wird.

Kurz darauf steht Björn mit einem großen Rucksack vor mir. Seine Augen leuchten, und er zwinkert mir zu, als hätte er etwas ganz Verrücktes ausgeheckt. Will er mit mir wandern gehen? Ich springe auf und umarme ihn kurz. Seine Haare kitzeln mein Gesicht.

»Hey, lange nicht gesehen«, sage ich. »Aber du hast dich gar nicht verändert«, und mutig füge ich noch ein »zum Glück« hinzu.

»Du schon.« Björn tritt einen Schritt zurück. »Das sieht gut aus, das Shirt, es steht dir.«

»Danke!« Ich freue mich über das Kompliment.

»Wir können ein bisschen gehen, was meinst du?«, schlägt Björn vor.

»Gern«, antworte ich, und dann biegen wir in einen Weg ein, auf dem uns immer wieder Jogger oder andere Spaziergänger entgegenkommen. Es ist so vertraut, ihn an meiner Seite zu haben, und gleichzeitig weiß ich nicht, was ich sagen soll. Wir haben uns auch schon echt lange nicht gesehen. Ein bisschen plaudern wir über die letzten Auftritte der *Enten*, und er erzählt mir von seinen neuen Plänen. Und dann bricht er ab und ist so wortkarg wie nie zuvor. Ich krame nach Ereignissen, suche nach Satzanfängen, aber mir fällt überhaupt nichts ein, außer vielleicht zu bemerken, dass das Gras grün ist und der Himmel blau. Das ist natürlich ungeheuer interessant.

Ich werfe einen Blick zur Seite. Björn starrt stur geradeaus auf den Weg und versteckt seine Hände hinter dem Rücken. Hilfe! Aus lauter Verzweiflung fange ich an, über irgendwas zu labern. Keine Ahnung, ob es ihn interessiert. Ich erzähle ihm von der Redaktionsgruppe der Schülerzeitung und von meinem neuen Job beim Wochenblatt. Sogar die Begegnung mit dem Wohnwagenbesitzer schildere ich ihm.

Da unterbricht Björn meinen Redefluss. »Eine Frage hätte ich da noch.«

»Ja?«

»Warum hast du dich eigentlich nie wegen des Gutscheins bei mir gemeldet?«

»Welcher Gutschein?« Ich bleibe abrupt stehen. »Ich habe keine Ahnung, wovon du redest.«

Björn ist ebenfalls stehen geblieben. »Damals im Wohnwagen habe ich dir unsere CD geschenkt, erinnerst du dich?«

Ich nicke und verschweige, dass ich sie sofort weiterverschenkt habe.

»Die CD war nicht das einzige Geschenk«, sagt Björn. »Ich hatte einen Brief hineingelegt. Das war ein Gutschein für einen gemeinsamen Abend. Ich hätte dich nämlich sehr gern wiedergesehen.«

»Ist das wahr?« Ich schlage mir die Hände vor die Augen. In mir dreht sich alles. »D...das habe ich nicht gewusst«, stottere ich und bekomme einen hochroten Kopf.

»Ich habe echt überlegt, ob ich mir das alles nur eingebildet habe«, sagt Björn mit einem schiefen Lächeln.

Mein Herz macht einen Sprung, als ich das höre. Und einen zweiten, als er meine Hand ergreift.

»Ganz schön viele Leute hier«, sagt Björn.

»Was hattest du denn erwartet, mitten im Stadtpark?«, erwidere ich lachend.

Doch Björn zieht mich mit sich fort und schlägt einen schmaleren Weg ein. Seine Hand fühlt sich so gut an in meiner.

»Ähm, wir könnten vielleicht da vorn eine kleine Pause machen.« Er zeigt auf einen umgestürzten Baumstamm, der auf der Wiese liegt.

»Das ist ein schöner Platz«, entgegne ich, auch wenn ich das mit der Pause nicht ganz verstehe. Wir sind doch noch gar nicht so lange gelaufen.

Als wir beim Baumstamm angekommen sind, öffnet Björn seinen Rucksack. Er packt eine Decke aus, die er auf dem Gras ausbreitet, und dann befördert er noch ein Baguette, Salami und Käse aus dem Rucksack hervor.

»Oh, das ist eine schöne Überraschung«, sage ich lachend. »Das ist ja ein richtiges Picknick!«

»Das war eigentlich schon damals mein Plan«, erwidert Björn und versucht gar nicht erst zu verstecken, wie sehr er sich über meine Reaktion freut. »Ich hatte gehofft, dass es dir gefällt.«

Während er das Brot anschneidet, steige ich auf den Baumstamm und versuche, zu balancieren. Schritt für Schritt arbeite ich mich vor. Am Ende des Stamms drehe ich um und gehe zurück. Da klettert Björn auf den Baumstamm und nähert sich mir mit ausgebreiteten Armen. Langsam bewegen wir uns aufeinander zu. Ein seltsames Kribbeln liegt in der Luft. In der Mitte des Baumstamms bleiben wir stehen. Fußspitze an Fußspitze. Wir müssen kichern. Keiner kommt am anderen vorbei.

»Und was machen wir jetzt?«

»Warte«, sagt Björn, packt mich an den Schultern, dreht mich und versucht, sich an mir vorbeizudrängeln. Doch da geraten wir mächtig aus dem Gleichgewicht und müssen noch mehr kichern. Um nicht zu fallen, halte ich mich an ihm fest. Und er sich an mir. Ganz fest. Ich hebe meinen Kopf und blicke in seine blauen Augen. Es sind die schönsten Augen der Welt. Im nächsten Moment beugt Björn sich vor und küsst mich. Endlich. Und im übernächsten verlieren wir das Gleichgewicht und segeln vom Baum. Es dauert nur kurz, bis wir uns aufgerappelt haben. Gleich darauf legt Björn seine Arme wieder um mich. Er streicht mir eine Strähne aus dem Gesicht.

»Das wollte ich schon lange machen«, sagt er.

»Ich auch«, entgegne ich mit klopfendem Herzen.

»Gut, dass der Moment endlich gekommen ist.«

Ja, das finde ich auch. Hat ja auch lange genug gedauert.

Und nachdem wir uns mit etwas Brot, Käse und Salami gestärkt haben, machen wir uns an die Nachspeise.

Die aus vielen süßen Küssen besteht.

VOLLKOMMEN VERLIEBT

Heike Abidi
Tatsächlich 13

Der Countdown läuft! Bald wird Henriette 13 und somit offiziell ein Teenager. Bis dahin muss sich aber noch einiges tun, zum Beispiel die Sache mit dem festen Freund. Und sie will noch einige wichtige Dinge rausfinden: was Verliebtheit ist, wie man toll küssen kann und warum Eltern immer so oberpeinlich sind. Bei ihren Experimenten lässt sie kein Fettnäpfchen aus ...

176 Seiten – Ab 11 Jahren
ISBN 978-3-86430-025-7

spannend

total witzig

Liebesrecherche

Pink

TRAUMTYP IM TANZKURS

Sonja Bullen
Miss Apfelblüte

Feli ist mit ihrer Familie von Hamburg aufs platte Land gezogen. Hier ist wirklich gar nichts los, weit und breit nur Kuhställe, Matschpfützen und Apfelbäume. Na großartig! Ausgerechnet jetzt macht auch noch ihr Freund Ben Schluss. Klar, dass Feli sich in richtiger Weltuntergangsstimmung befindet. Aber dann gibt es doch einen Lichtblick: den süßen Peer aus dem Tanzkurs …

192 Seiten – Ab 12 Jahren
ISBN 978-3-86430-039-4

Liebe

Lustig

Blütenfest

DATE UM MITTERNACHT

Maren von Klitzing
Mondscheindisko

Drei Wochen sturmfreie Bude! Elin genießt die Ferien und lernt mit ihrer neuen Freundin Vero eine coole Clique kennen, die sich nachts an geheimen Orten trifft. Als sie Markus kennenlernt, verliebt sie sich Hals über Kopf in ihn! Um ihn zu beeindrucken, will Elin eine Mitternachts-Kunstmesse veranstalten. Doch dann kommt alles anders – und was wird aus ihrem Mondschein-Date?

192 Seiten – Ab 12 Jahren
ISBN 978-3-86430-040-0

Musik

Clique

Aufregend

Pink

Pink